DON BOSCO

PAR

A. JANNIARD DU DOT

TOURS

ALFRED MAME ET FILS

ÉDITEURS

DON BOSCO

3e SÉRIE IN-12

Don Bosco.

DON BOSCO

PAR

A. JANNIARD DU DOT

81
1900

TOURS

ALFRED MAME ET FILS, ÉDITEURS

—

1899

La charité chrétienne a cela d'admirable qu'à l'exemple de Dieu, la sagesse même, elle traite l'homme avec respect, quand les démons et les imitateurs de leur orgueil porté jusqu'à la folie le traitent avec tant de mépris. C'est ce que va nous montrer la vie de don Bosco, le saint Vincent de Paul de l'Italie et du xixe siècle. Notre humble et célèbre compatriote, qui a, même aux yeux du monde profane, l'étrange gloire de la bonté, s'en allait ramassant par les chemins les petits enfants abandonnés de leurs mères; don Bosco s'est fait le Vincent de Paul de la seconde enfance et de la première adolescence, exposées ou déjà livrées aux hasards de la rue et de ses boues. En les rendant à la dignité de leur baptême, il est devenu leur résurrecteur et leur sauveur.

DON BOSCO

I

Naissance de don Bosco. — Son enfance. — Sa mère.
Son adolescence. — Sa vocation.

Jean Bosco naquit le 15 août 1815. C'était un
don de la sainte Vierge à sa pieuse mère, femme
douée par la nature et par la grâce des plus belles
qualités de l'intelligence et du cœur. Son plus
jeune fils lui dut après Dieu son esprit hors ligne,
son cœur incomparable, et surtout ses vertus.
Jean, qui était le troisième fils de François Bosco,
simple paysan de Châteauneuf d'Asti, dans les
montagnes du Piémont, ne connut point son
père : il avait deux ans à la mort de cet excellent
homme, honnête dans toute la force du terme,
et qui n'eut jamais, comme Marguerite, sa veuve,
lui en rendait témoignage, un sou qui ne lui
appartînt bien. Elle avait vingt-neuf ans quand
il mourut, lui laissant un fils de son premier

mariage, Antoine, et deux enfants de leur union, Joseph et Jean.

L'enfance très pure de Jean se passa surtout dans les champs, observant, avec sa finesse et sa curiosité naïve, les petits oiseaux qui l'entouraient, les dénichant parfois et se faisant leur nourricier. Des diverses aventures de ses oiseaux, sa mère était ingénieuse à tirer d'utiles leçons. Un vilain coucou, meurtrier de toute une famille de rossignols, ayant laissé son œuf dans le nid, la pauvre *Philomèle* le couve comme sien, et il éclot. Mais, tremblant de voir le nouveau-né devenir le meurtrier de sa mère adoptive, Jean l'emporte et le met en cage. Un jour il oublie de le nourrir, et l'oiseau, voulant forcer sa prison, reste la tête prise entre deux barreaux. Sa mère, Marguerite, sut trouver la morale de cette histoire : l'égoïsme cruel du coucou, l'imprudence du rossignol, l'infortune de l'enfant, châtié pour le crime paternel.

« Bien volé, lui dit-elle ensuite, ne profite jamais. »

Une autre fois, c'est une chouette qu'il ne peut rassasier de cerises, et qui avale toujours jusqu'à ce qu'elle en crève :

« Ainsi finissent les gourmands, dit Marguerite; il n'est rien de tel pour hâter la mort que l'intempérance. »

Un pauvre chien que la famille Bosco avait donné à des parents habitant un village éloigné revient obstinément à ses premiers maîtres :

« Ah! si nous avions seulement, s'écriait-elle, la moitié de cette fidélité pour Dieu, nous qui avons une âme libre créée à son image, une âme immortelle qui nous met si au-dessus des chiens! »

La vie était austère aux Becchi (c'était le nom de la partie de Châteauneuf qu'habitaient les Bosco). Les enfants couchaient sur la dure et mangeaient du pain sec au déjeuner et au goûter. Lorsque Jean fut au séminaire, on roulait le matelas quand il arrivait pour les vacances, et il reprenait pour ce temps son ancien coucher.

Marguerite ne lui souffrait aucun caprice. Un jour que Joseph et Jean rentraient fort altérés, ils demandèrent à boire. La mère ayant servi l'aîné le premier, Jean, mu par une sorte de jalousie, refusa la boisson.

« A ton aise, » lui dit-elle sans rien ajouter.

Un moment après il se ravise :

« Maman !

— Eh bien ?

— Donnez-moi à boire, à moi aussi.

— Je croyais que tu n'avais pas soif.

— Oh! si, maman. Mais pardon, maman, pardon !

— A la bonne heure!... Demande pardon à Dieu, et n'y pensons plus. »

On travaillait et on jouait, mais jamais on ne restait à rien faire. On se mettait à tout genre d'ouvrage; même on veillait pour garder le petit bien contre les maraudeurs. Une nuit, inquiétée par quelques indices mauvais, toute la famille

était réunie dans la vigne. Le voleur qu'on avait
soupçonné arrive au milieu de la nuit. Aussitôt
les enfants, obéissant aux instructions de la mère,
font un tapage effrayant avec les divers ustensiles
dont ils s'étaient munis, pelles, pinces, mais sans
fusils ni autres armes, et ils se mettent à crier :
« Au voleur! au voleur! » parlant bien haut des
carabiniers ou gendarmes et les appelant de
toutes leurs forces. Le voleur aussitôt prend la
fuite du côté opposé à celui des carabiniers ima-
ginaires, et il ne revint plus.

« Vous voyez, mes enfants, dit Marguerite, ce
que c'est que la mauvaise conscience : un voleur
n'est pas difficile à effrayer. »

On apprit quelque temps après que pour d'autres méfaits semblables ce drôle avait été con-
damné à quelques années de prison.

« Ah! mes enfants, disait Marguerite, ce qu'il
a dérobé est pourtant peu de chose en compa-
raison des âmes : craignez surtout les voleurs
d'âmes, et laissez-moi toujours choisir vos amis
et vos camarades. »

On veillait le soir dans les chaumières, et la
veillée avait lieu souvent chez Marguerite, qui
l'égayait par ses récits, bien qu'elle ne sût pas
lire, et mêlait toujours quelque enseignement à
la conversation. Elle ne supportait pas les paroles
inconvenantes, et elle mit un soir carrément à la
porte deux jeunes libertins qui s'étaient permis
des propos contraires à la vertu et à la religion,
leur défendant de reparaître à son foyer.

Mais la vertu maîtresse de la mère de don Bosco, c'était la charité. Sa petite aisance, plus près de la gêne que de la richesse, donnait, donnait toujours : le pain ne manquait jamais pour les indigents ni le vin pour les malades. La maison et le fenil n'étaient jamais trop étroits pour loger les passants nécessiteux. Elle logeait les mendiants, les colporteurs, les brigands et les soldats. Mais elle avait soin d'épurer l'imagerie des colporteurs : les gravures indécentes étaient le seul prix qu'elle acceptât de son hospitalité ; elle les détruisait aussitôt en présence des marchands ébahis, souvent touchés et convertis, qui lui livraient parfois leurs livres suspects, destinés à être remis au curé de la paroisse pour en disposer selon son jugement. Quant aux brigands, elle ne les trahit jamais, les convertit souvent, du moins pour un temps, et finit par leur fermer sa porte hospitalière.

Jean Bosco ne manquait point de profiter de si beaux exemples, et, sensible aux douces prédications maternelles, il prêchait à son tour à tout venant, et préludait sur une table à son rôle futur de catéchiste. Chacun raffolait de ses prônes.

Mais quand il eut de douze à quatorze ans, il joignit à la prédication un autre genre d'exercices, et se montra bientôt le rival des meilleurs acrobates et même de son homonyme, bien inconnu de lui, le célèbre prestidigitateur. Mais ces spectacles gratuits, qu'il donnait sur une corde tendue entre deux vieux arbres, non loin de sa demeure, commençaient toujours par la prière et finissaient de même; ceux qui ne voulaient pas y prendre part étaient impitoyablement bannis de la représentation.

Marguerite s'étonnait sans doute de la disparate de ces deux genres d'exercice. Un jour, une voisine, la voyant comme endormie au spectacle donné par Jean, lui demanda tout d'un coup :

« Eh bien, Marguerite? »

Et celle-ci répondit par cette question, pleine d'inquiétude maternelle :

« Mon fils, mon fils Jean! que pensez-vous qu'il adviendra de mon fils? »

Son anxiété ne pouvait être de longue durée. En effet, don Bosco usa toujours de tous ses dons, naturels ou acquis, physiques ou intellectuels, pour la gloire et le service de Dieu.

Un saltimbanque étant venu installer sa baraque près de l'église à une époque de fêtes religieuses, l'enfant, alors âgé de quatorze à quinze ans, alla le trouver, et dit devant tout le monde à ce hors-venu, qui troublait par sa musique et par ses vociférations les offices divins et en détournait parfois les fidèles :

« Je parie ce que vous voudrez que je ferai tous vos tours et que vous ne ferez pas tous les miens. »

Le nomade se piqua au jeu et paria une somme énorme. Il la perdit aussitôt, et Bosco lui fit grâce à condition qu'il délogeât sur-le-champ avec ses tambours et ses trompettes.

Mais l'ambition de Jean Bosco ne s'arrêtait point à de semblables triomphes. Dès cette époque il eut la révélation de son rôle futur. Elle lui fut donnée dans un rêve qu'il raconta dès lors d'une manière incomplète :

« Je voyais, dit-il à sa mère et à ses frères, une multitude de bêtes sauvages qui sautaient, grinçaient, s'entre-déchiraient. Une voix mystérieuse m'a crié de les mener au pâturage ; j'ai pris une houlette, je la leur ai montrée, et je n'avais plus qu'un troupeau de brebis. »

Cette voix mystérieuse, il l'a confessé plus tard à don Rua, c'était celle de la sainte Vierge, qui, habillée en bergère, lui avait remis la houlette emblématique.

« Sois disposé, lui dit sa mère, à faire tout ce que le bon Dieu te demandera ; quand viendra l'heure, il saura bien te le faire connaître. »

Cette vision doit remonter bien haut, car don Bosco a dit à deux ecclésiastiques français :

« J'étais résolu dès l'âge de dix à onze ans à me consacrer aux orphelins. »

Sa vocation se développait rapidement. En 1826 une mission fut donnée dans une paroisse voisine de Châteauneuf, à Buttigliera. Don Calosso, desservant de Morialdo, faisant route, au retour d'un sermon, avec Jean, qu'il ne connaissait pas, s'étonna qu'un enfant si jeune abandonnât les sermons de sa mère pour des prédications que sans doute il ne comprenait point. Interrogé sur le dernier discours et mis au défi d'en réciter quatre phrases, il l'analysa d'un bout à l'autre.

Alors le desservant, sans l'encourager dans ses goûts d'étude, finit par lui demander s'il espérait se faire prêtre.

« J'ai une idée, répondit Jean : c'est que, si j'avais assez d'instruction, je voudrais en donner à de pauvres enfants qui ne deviennent mauvais que parce que personne ne s'occupe d'eux. »

Frappé de ces dispositions et de la prodigieuse mémoire de l'enfant, don Calosso se chargea de commencer son instruction ; mais il mourut tout à coup d'apoplexie, en 1828, dans les bras de son élève, auquel il ne put parvenir à faire entendre ses dernières volontés.

Jean dut abandonner les livres, et son frère Antoine affirmait que Dieu avait montré là sa volonté définitive à l'égard de Jean.

« La divine volonté, dit Marguerite, nous viendra en aide ; mais Jean n'est pas fait pour la pioche et la charrue. »

Antoine, fâché, se sépara de sa belle-mère ; il avait vingt et un ans, on dut partager avec lui, selon les droits respectifs de chacun. Joseph et Jean restèrent avec leur mère, et ce dernier put reprendre librement l'étude du latin. Il fréquenta six ans les écoles de Châteauneuf et de Chieri, avec les succès les plus brillants. Ses études achevées, il pensait à entrer dans un ordre religieux. Le curé prévint Marguerite, qui, sans en détourner son fils, l'engagea à demander conseil.Il promit de s'adresser à don Caffasso, direc-

teur à l'institut Saint - François - d'Assise de
Turin.

« Entrez au séminaire, lui fut-il dit ; je ne crois
pas que vous soyez appelé à un ordre religieux. »

Il prit l'habit ecclésiastique le 29 septembre
1839, et entra au grand séminaire de Turin. Il
fut ordonné prêtre à vingt-cinq ans, la veille de
la Trinité, 5 juin 1841.

« Te voilà donc prêtre, mon cher fils, lui dit
sa mère ; je ne demande pas pour toi du repos,
mais du courage. »

II

L'œuvre salésienne. — Premières épreuves. — L'archevêque,
le syndic et le roi. — Maladie de don Bosco.

Aussitôt ordonné prêtre, au lieu d'accepter une
des places plus ou moins éloignées qui lui étaient
offertes, Jean Bosco s'attacha tout d'abord à don
Caffasso, son guide spirituel, l'accompagnant
surtout dans la visite des prisons. En constatant
que, par une série de changements tout maté-
riels, tant de pauvres enfants ne faisaient que
passer de la liberté à la prison, et de la prison
à la liberté, toujours de plus en plus vicieux,
instruits au vice, en effet, par l'une et par l'autre,
don Bosco se sentait de plus en plus porté à

l'apostolat de cette jeunesse abandonnée. Il s'agissait de leur enseigner Dieu, la morale, le travail.
Mais comment s'y prendre pour arriver à mettre
la main sur ces enfants sans famille, ou plus mal
partagés que ceux qui n'avaient pas de parents?

Le 8 décembre 1841, il se préparait à dire la
messe, quand il entendit le sacristain qui gron-
dait un petit malheureux réfugié dans la sacristie
et accompagnait ses objurgations de quelques
taloches, pour les accentuer sans doute. Le bon
prêtre prit le petit orphelin sous sa protection,
lui dit de l'attendre, et après sa messe lui demandant son nom, celui de ses parents, de son
pays, son âge, son degré d'éducation, apprit
qu'il se nommait Barthélemi Garelli, d'Asti, qu'il
n'avait ni père ni mère, qu'il avait quinze ans,
et qu'il ne savait rien, ni catéchisme ni prière.

« Et si je te faisais le catéchisme ici même?
Quand veux-tu commencer?

— Quand il vous plaira.

— Ce soir, peut-être?

— Ce soir, je le veux bien.

— Et pourquoi pas tout de suite?

— Eh bien, tout de suite, soit. »

Tel fut le premier élève de don Bosco. Après
une demi-heure de catéchisme, il le congédia,
car l'extrême attention qu'il apportait aux leçons
du prêtre, attention si étrangère aux habitudes
de sa vie vagabonde, le fatigua tout d'abord. Il
revint, amenant des camarades. Deux mois après,
le 2 février 1842, don Bosco avait vingt élèves.

L'*Oratoire* Saint-François-de-Sales était fondé. Don Bosco choisit ce nom d'oratoire, parce que tout y commençait et y finissait par la prière.

Le nouveau prêtre suivait, pour ainsi dire, partout ses enfants, les visitait chez leurs parents s'ils en avaient, leur cherchait des places, de l'ouvrage, et chemin faisant en ramassait de nouveaux dans les rues, dans les bouges et jusque dans les fossés. Il n'en suivait pas moins les cours de Saint-François-d'Assise, destinés au perfectionnement des jeunes ecclésiastiques dans la théologie et dans la prédication.

Ses études terminées, on voulut lui donner un poste ; mais il demanda qu'on ne l'éloignât pas de ses enfants :

« Si je m'éloigne d'eux, qui en prendra soin ? »

Don Caffasso lui obtint un emploi d'aumônier dans un hospice fondé par la marquise de Barolo et dont le directeur était l'abbé Borelli, qui devint aussitôt son ami intime et son collaborateur.

Ils obtinrent de la marquise la disposition de deux grandes chambres où ils réunirent l'œuvre de l'Oratoire le 8 décembre 1844. Don Bosco donna la communion à presque tous ses enfants. Mais, dès juillet 1845, effrayée du tapage de ces bruyants locataires, et peut-être plus encore de celui des mécontents, la pieuse propriétaire les congédia sans pitié. Voilà les deux prêtres bien désolés. Ils prièrent, et Mgr Franzoni, archevêque de Turin, leur fit concéder par la municipalité l'usage pendant quelques heures de l'église Saint-

Martin, puis de Saint-Pierre-ès-Liens. Les élèves
étaient déjà trois cents. Ces petits sauvages faisaient, à vrai dire, un bruit terrible, et dès le
lendemain les voisins se plaignirent, le curé en
tête, et surtout sa servante, qui décora les nouveaux venus du titre de *fiore di canaglia,* « fleur
de la canaille. » Ce mot fit fortune; une pétition
fut signée contre l'Oratoire, et le marquis de
Cavour, syndic de la ville, retira son autorisation. Le vieux prêtre signataire de la pétition
tomba le lendemain frappé d'apoplexie, et sa
servante mourut deux jours après lui.

« Mes amis, dit don Bosco, le toit du bon Dieu
nous reste. »

Et il transporta son oratoire en plein air. Pendant deux mois, dimanches et jours de fêtes, les
enfants se réunissaient à la porte de don Bosco,
et ils partaient pour le lieu désigné. Ordinairement le programme du jour avait été indiqué à
la réunion précédente. Don Bosco leur disait :

« Si vous avez quelque camarade, invitez-le
de ma part : plus nous serons, plus gaie sera
la fête. »

La messe se disait dans quelque église de la
banlieue, on dînait sur l'herbe ou sur les rochers;
on avait d'ordinaire à peu près assez de pain, et
les ruisseaux ou les fontaines ne manquaient pas.
On chantait les vêpres où l'on était; il y avait
déjà un chœur magnifique. Don Bosco faisait
deux catéchismes par jour. Le soir on rentrait
bien las, mais content.

Cependant l'hiver vint. Don Bosco put à grand'-peine trouver trois chambres chez un nommé Moretta, presque en face de l'église actuelle de Notre-Dame-Auxiliatrice. L'hiver se passa ainsi tant bien que mal.

Mais voilà que les curés de Turin vont se plaindre à l'archevêché de ce qu'on enlève les enfants aux catéchismes et aux offices paroissiaux. Mandé par l'archevêque, don Bosco n'eut pas de peine à lui persuader que tous ces petits Savoyards, Lombards ou Suisses, n'avaient jamais eu d'autre catéchisme que le sien. L'orage impuissant tomba. Mais au même instant Moretta signifie brutalement à don Bosco son congé. Celui-ci eut beau frapper à toutes les portes, il fut partout refusé. A défaut d'une maison, il ne trouva rien de mieux que de louer un pré.

Au printemps de 1846, il s'installa sur ce terrain, que lui affermait un certain Defilippi. Là tous les exercices se firent en plein air : le catéchisme, la messe, le jeu et jusqu'à la confession. Tous passaient tour à tour devant don Bosco, qui, le bras autour du cou de son pénitent, écoutait ses aveux et lui donnait ensuite l'absolution. Après quoi l'on partait pour l'église, où presque tous ces enfants communiaient à la messe de leur père.

Cela ne pouvait durer beaucoup. Bientôt Defilippi retire son pré; il s'était laissé monter la tête : il avait loué *un pré*, et non point une *place publique*. L'autorité civile s'en mêla. Le vieux

marquis de Cavour gourmanda le jeune fondateur et le menaça de le signaler à l'archevêque.

« L'archevêque m'approuve, monsieur le marquis.

— Il ne vous approuvera pas toujours. »

Don Borelli, découragé, parla de licencier les
jeunes gens, au moins pour un temps.

« Non, s'écria don Bosco. Si l'on ne veut pas
me louer, je bâtirai. J'en ai la certitude : ils
auront une maison à eux, des ateliers à eux,
une église à eux, des professeurs à eux... Que
si vous me quittez, eh bien, je poursuivrai seul.
La divine miséricorde me les a envoyés, je n'en
lâcherai pas un, entendez-vous ? pas un. Dieu
et sa sainte mère m'aideront. »

Et, en parlant ainsi, ses mains s'élevaient
vers le ciel, ses yeux lançaient des éclairs. Don
Borelli l'embrassa, l'admirant, mais le plaignant
peut-être encore davantage.

Ses paroles furent répétées, et devant de semblables rêves on ne put douter qu'il ne fût fou.
C'était l'avis de la marquise de Barolo. Quelques
confrères ne trouvèrent rien de mieux que de le
faire enfermer, pour son bien, dans une maison
de santé. Ils se rendirent chez lui, le mirent sur
son sujet favori, et, l'entendant développer cette
idée fixe avec une puissance incomparable d'ima-
gination, bâtissant, disposant l'édifice et mettant
même au présent et au passé ce qui était au futur,
pensèrent qu'ils n'avaient plus qu'à le pousser
dans la voiture destinée à le conduire à l'asile

où sa raison perdue avait une dernière chance de
se retrouver. Mais il fit tant de façons pour monter avant eux que, de guerre lasse, ils se déci-
dèrent à entrer les premiers. Aussitôt il ferme
vivement la portière et crie au cocher :

« Allez vite, allez vite, quoi qu'on vous dise,
et n'arrêtez qu'où vous savez. »

Entre les deux nouveaux arrivés et le directeur, l'explication dut être plaisante :

« Mais où donc est le malade? dit celui-ci.

— Ah! monsieur, répondirent-ils, nous com-
mençons à croire qu'il n'est pas si fou. »

Le dimanche des Rameaux, 5 avril 1846, l'Oratoire se réunit à Notre-Dame-della-Campagna,
à une demi-lieue de Turin. Don Bosco y rencon-
tra le confesseur de Charles-Albert, qui, sans
vouloir ou sans pouvoir rien préciser, lui dit
d'avoir bon courage.

Des enfants lui dirent dans l'après-midi :

« Père, vous êtes bien pâle, vous avez pleuré. »
Il éclata en sanglots.

« O mes enfants, mes chers enfants, si le bon
Dieu ne vient à notre aide, il faudra nous sépa-
rer. »

Aussitôt ils se jettent en prière. Don Bosco,
prosterné, s'écrie :

« Mon Dieu, mon Dieu, nous avez-vous abandonnés? Que votre volonté soit faite; mais peut-
il être conforme à cette volonté sainte de laisser
sans asile ces pauvres orphelins? »

En ce moment, un homme connu de quelques-uns des enfants, Pancrace Soave, vient offrir un hangar de la part de son propriétaire, Pinardi, qui consent à faire tous les aménagements nécessaires pour le transformer en humble chapelle. Un terrain assez vaste entoure le hangar et servira de cour à l'Oratoire. Il demande trois cents francs.

« Je vous en donne trois cent vingt ; mais nous ferons un bail, et le sol sera creusé d'un demi-mètre pour dimanche prochain. Mes enfants ne sont pas grands ni moi non plus, nous y tiendrons debout. »

L'arrangement accepté et exécuté, don Bosco prend possession du local le jour de Pâques, 12 avril 1846, l'année où Pie IX recevait la houlette du monde. La fondation de cet Oratoire, que son propriétaire appelait un *laboratoire,* retourna l'opinion. Après avoir été traité de fou, le restaurateur du vieux hangar devint un saint.

Don Bosco bénit le sanctuaire et y célébra la messe : on chanta l'*Alleluia* à pleine voix et à plein cœur. Mgr Franzoni lui permettait, non seulement de dire la messe dans sa chapelle, mais encore d'y prêcher, d'y confesser et même d'y donner la communion pascale.

Cependant, toujours obstiné dans ses vieilles préventions, le marquis de Cavour réclama vivement auprès de l'archevêque ; mais, ne pouvant rien obtenir, il résolut d'en appeler au bras séculier. Toutefois, ne voulant point agir de son

autorité privée, il déféra don Bosco au conseil
supérieur, autrement dit, à la *Ragioneria*.

Comme l'archevêque était malade et qu'il faisait de droit partie du conseil, la séance eut lieu
dans son palais. Là, le syndic exposa vivement
ses griefs, le prélat soutint la cause salésienne,
et l'on allait en venir aux voix avec de grandes
chances contre don Bosco, lorsque le ministre
des finances, comte Provana di Collegno, qui
n'avait encore rien dit, demanda la parole :

« Messieurs, dit-il, le roi, notre maître, m'a
chargé de le représenter ici et d'y apporter son
opinion. »

Et comme cette opinion fut toute favorable à
don Bosco, le conseil leva aussitôt la séance et
l'Oratoire fut sauvé.

Le premier janvier suivant, le roi lui envoya
trois cents francs avec cette suscription : *Pei biric-
chini di don Bosco :* « Pour les petits drôles de
don Bosco. » Ce bon exemple, que le fondateur des
Salésiens eut hâte de divulguer, amena les pièces
d'or dans son escarcelle. M. de Cavour lui-même
s'adoucit et ne mourut pas sans s'être réconcilié
avec don Bosco.

Les premiers amis lui revinrent et de nouveaux
aides lui arrivèrent. La marquise de Barolo voulut bien le loger encore jusqu'à la fin de juillet,
et il put s'occuper d'organiser ses écoles. Il
trouva aisément ses maîtres parmi les premiers
jeunes gens que lui-même avait instruits, et se
trouva si bien de ce système que toujours depuis

1*

la société salésienne a élevé dans son sein tous les professeurs de ses enfants.

Les classes, au début, n'eurent lieu que le soir; mais il y en avait une le dimanche dans la journée. Ses dimanches étaient d'ailleurs fort occupés : déjà le peuple accourait à ses prônes et à son confessionnal.

Ses jours et ses nuits étaient à ses enfants : il prenait sur son sommeil pour la préparation de ses instructions, de ses classes, et pour sa correspondance. Il refaisait même les livres d'études qu'il trouvait insuffisants. De sa personne comme de sa bourse il donnait plus qu'il n'avait, engageant ainsi doublement son avenir. Mais sa confiance était dans Celui qui possède dans son éternité le présent, le passé et l'avenir.

Un dimanche, il manqua au rendez-vous. En arrivant à l'église, les enfants apprennent qu'il se repose depuis quelques jours chez le curé de Sassi. Sans savoir où était Sassi, sinon que c'était du côté du Pô, ils se lancent à travers mille chemins et arrivent enfin las, affamés, trempés de pluie Il était fort tard, ils étaient cent et ils veulent tous se confesser. On les confesse, ils entendent la messe, ils mangent comme quatre cents, au grand désespoir de la ménagère, et on les congédie.

Don Bosco vit bien qu'il ne pourrait jamais se reposer si près de Turin, et il le comprit mieux encore quand ses fatigues multipliées et ses imprudences l'eurent jeté sur le lit.

Arrivé à Turin, il est pris d'une fluxion de poitrine. Don Borelli le supplie de demander sa guérison.

« Mon ami, répond don Bosco, il faut s'abandonner à la sainte volonté de Dieu.

— Non, cela ne suffit pas. Vous devez guérir pour le bien de votre petit peuple.

— Seigneur, murmure alors don Bosco, je ne refuse pas le travail, guérissez-moi si tel est votre bon plaisir. »

Le lendemain don Bosco entrait en convalescence. Touché jusqu'aux larmes des témoignages de joie bruyante et expansive de ses enfants, il leur disait :

« O mes amis, c'est Dieu qu'il faut aimer; à lui et à vous jusqu'à mes dernières forces ! »

Mais sa santé n'était pas si bien rétablie qu'il ne dût prendre encore un peu de repos. Les médecins l'envoyèrent aux Becchi, auprès de sa mère; et cet heureux séjour lui rendit peu à peu ses forces. Il laissait à regret ses pauvres enfants, bien que don Borelli et quelques autres amis se fussent chargés de prendre soin de cette chère famille.

Il passa environ trois mois aux Becchi; mais ces mois furent des siècles pour ses orphelins, qui lui envoyaient lettres sur lettres et deputations sur députations :

« Vous reviendrez, ou nous transporterons l'Oratoire ici, » lui disaient-ils.

Des parents vinrent même supplier dame Marguerite de leur rendre son fils, promettant tout pour l'aider.

« S'il a besoin d'argent, disait une mère, je filerai tout l'hiver pour pouvoir lui en donner.

— Moi, je lui donnerai ma toile.

— Moi, des œufs et une poule. »

Et elles pleuraient.

« La volonté de Dieu soit faite! dit enfin dame Marguerite. On n'est pas sur la terre pour prendre ses aises, mais pour travailler, pour sanctifier soi et les autres. »

Et don Bosco ajouta :

« Soyez tranquilles; dites à vos enfants qu'avant que les feuilles aient fini de tomber je serai auprès d'eux. »

III

Maman Marguerite à l'Oratoire. — L'internat.

Don Bosco avait en quelque façon joui de son reste durant sa dernière maladie, c'est-à-dire qu'il avait encore à cette époque sa chambre à l'asile Barolo. Mais le temps était venu de la quitter. La bienfaitrice de tant de malheureux et la protectrice de Silvio Pellico fut impitoyable pour don Bosco. Il fallait donc aller habiter le

clos Pinardi, près de la *Giardiniera,* qui était
une auberge mal famée, et dans un quartier, du
reste, mal habité, le Valdocco. Comment avoir
seulement une domestique qui pût circuler impu-
nément le soir dans ce mauvais quartier?

« Vous avez votre mère, » lui dit le curé.

Don Bosco se taisait.

« Votre mère est assez ferme et assez digne,
reprit-il, pour imposer le respect à tous et assez
verte pour tenir votre maison. Prenez votre
mère. »

Don Bosco s'effrayait à cette pensée. Cette
mère si tendre, si délicate, si respectée, si noble,
faudrait-il lui commander pour le service de la
maison?

« Nullement, répondait le curé, je vous connais
tous deux : la mère et le fils ne cherchent qu'à
obéir l'un à l'autre et non à commander; l'un
vénérant sa mère et l'autre respectant le prêtre.
Puis quels bons conseils et quelles hautes inspi-
rations vous recevrez de cette simple femme! »

Don Bosco alors se risqua à exposer à sa
mère sa position difficile et son ardent désir.
A cette pensée, Marguerite eut un frisson : quitter ses montagnes, ne plus voir Joseph et ses
enfants!

« Ah! Jean, dit-elle, quel sacrifice tu me
demandes! »

Et ce sacrifice, elle s'y résolut aussitôt, tout en
pleurant :

« Joseph et ses enfants se portent bien. Toi,

Jean, tu as été malade et tu n'es pas encore bien
solide. Je vais faire mon paquet. »

La situation était, d'ailleurs, tentante pour
elle. Jadis elle avait dit à ce cher fils :

« Si jamais tu étais prêtre et riche, tu ne me
verrais jamais chez toi. »

Joseph eut beau plaider sa cause par les meil-
leures raisons et les petits enfants par leurs caresses, le 3 novembre 1846 dame Marguerite,
son linge dans un panier et quelques vêtements
sous le bras, accompagnait à pied don Bosco,
chargé de son bréviaire, d'un missel et de quelques cahiers. Ils n'avaient point encore sur eux
tout leur bien, comme ce sage de la Grèce, puis-
qu'ils ne tardèrent pas à le vendre pour leur
nouvelle famille. Mais ils voyageaient comme les
apôtres, s'entretenant, comme saint Augustin et
sa mère, du ciel et des chemins qui y conduisent.

Ils se reposèrent quelques heures à Chieri,
chez l'avocat Vallimberti, ami de don Bosco, puis
au Rondeau, chez le prêtre turinois Jean Vóla,
qui força don Bosco à accepter sa montre, n'ayant
rien autre à lui offrir. Quelques pas plus loin la
mère et le fils la vendirent chez un horloger pour
parer aux besoins les plus urgents.

Enfin ils arrivent au fameux hangar et trouvent
préparées pour eux deux chambres ornées de
deux petits lits, accompagnés de deux bancs,
deux chaises, un coffre, une table, une marmite
et quatre assiettes.

A la vue de ce petit mobilier, voilà dame Mar-

guerite en crainte de n'avoir rien à faire. La
gaieté de don Bosco se communiquait à sa mère,
et faute d'occupation en arrivant ils se mettent
à chanter à pleine voix le cantique italien : *Angio-
letto del mio Dio.*

Il y avait, en effet, de quoi chanter ! Plus de
ressources assurées ; la place d'aumônier chez la
pieuse et impitoyable marquise perdue pour don
Bosco ; les enfants croissant en nombre et en
besoins ; pas de quoi se nourrir eux deux seulement, et des centaines de bouches affamées arrivant sans cesse.

On fit venir des Becchi plusieurs charretées de
blé et de pommes de terre qui durèrent quelques
mois. Don Bosco vendit quelques lopins de terre
et une vigne : c'était tout son bien. Dame Marguerite ne fut pas en reste de générosité. Elle fit
venir son trousseau de mariée, si précieusement
gardé jusqu'à ce jour. Ses plus belles robes passèrent à la sacristie, transformées en chasubles ;
son linge fin fut mis en rochets et en nappes. Le
reste allait aux orphelins. Elle vendit en pleurant
ses derniers bijoux, chers souvenirs de son mari.
Mais, ce sacrifice accompli, elle était si contente,
qu'elle ne les eût voulu recouvrer que pour recommencer à s'en dessaisir.

Non content du hangar, don Bosco finissait
par louer peu à peu toutes les pièces de son
propriétaire Pinardi, et tout se changeait en
classes.

Dame Marguerite se trouvait presque dès son

début à la tête de mille enfants, dont le tapage
l'étourdissait :

« Cependant, disait-elle, il n'y en aura jamais
trop pour moi, tant que tu pourras leur faire du
bien. »

Durant dix ans qu'elle vécut au milieu d'eux,
elle ne donna qu'une seule fois quelque marque
sérieuse d'impatience. Elle s'était fait un minus-
cule potager, qu'elle avait garni de persil, de cer-
feuil, de sauge, de menthe, de poireaux et de
carottes. Un jour, en s'exerçant au métier des
armes avec de mauvais mousquets, et en faisant
la petite guerre, les enfants s'oublièrent jusqu'à
fouler aux pieds le jardin de maman Marguerite,
qui fut anéanti.

A cette vue elle se tourna vers son fils, et lui
dit en piémontais, signe de forte émotion chez
elle :

*Varda, varda, Gioanin, lo ch'al a fait l'Ber-
saglié; al a guasta me tout l'ort!* « Regarde,
regarde, Jean, ce qu'a fait le *Bersagliero* (c'était
le chef et l'organisateur de l'exercice); il m'a gâté
tout le jardin ! »

Don Bosco la consola, le *Bersagliero* fit des
excuses, dame Marguerite se calma. Mais peu
de temps après, à la suite d'un nouveau fait
du même genre, elle entra dans la chambre
de son fils, et lui demanda en bon italien la
permission de retourner aux Becchi. Don Bosco,
la regardant avec émotion, lui montra, sans
rien dire, le crucifix pendu à la muraille. A cette

vue, les yeux de Marguerite se remplirent de larmes :

« Tu as raison, dit-elle, tu as raison. »

Il faut ajouter que la mère de don Bosco n'était pas toujours seule à l'ouvrage; elle eut bientôt auprès d'elle sa sœur, Marie Occhiena, et Mme Gastaldi. Elles étaient souvent aidées par d'autres saintes femmes, en particulier par la mère de Mgr Franzoni, archevêque de Turin.

La réputation de l'Oratoire se faisait. Le conseil municipal de Turin lui-même, à la suite d'une visite au nouvel établissement, lui fit une petite pension annuelle de trois cents francs. Le chevalier Gonella, directeur d'une œuvre appelée la *Mendicité instruite,* fonda un prix de mille francs pour don Bosco, le priant d'en disposer à son gré. L'archevêque de Turin voulut présider l'inauguration d'une congrégation établie à l'Oratoire, et donna, à cette occasion, la confirmation à plus de trois cents jeunes gens. Le nonce et de grands personnages de la cour l'accompagnaient. C'était le 29 juin 1847.

A cette époque remonte la fondation de l'internat de l'Oratoire. Don Bosco, frappé des dangers qui menaçaient cette jeunesse en dehors de l'asile qu'il lui ouvrait, sentait vivement la nécessité de la garder auprès de lui et de trouver à occuper tous les apprentis dans la maison. Il ne put avoir tout d'abord à offrir aux plus nécessiteux, pour les empêcher de coucher à la belle étoile, qu'une espèce de fenil, avec un sac et parfois une couverture pour chacun d'eux. Son premier essai, d'ailleurs, ne fut pas heureux. Revenant de voir des malades, il rencontre à l'entrée du cours du Valdocco une bande de petits vauriens, qui l'insultent en imitant le cri du corbeau, et, qui pis est, en blasphémant. Il les interpelle en leur disant qu'il est un ami.

« Si vous êtes un ami, répondent-ils, venez boire avec nous. »

Il accepte, entre avec eux dans une auberge, et quand il les voit un peu gris :

« Voulez-vous maintenant, dit-il, me faire un petit plaisir?

— Oh! plusieurs.

— Non, un seul. Quand il vous plaira, vous pourrez m'insulter si vous voulez, mais ne blasphémez plus. »

Ils le lui promirent.

« Maintenant, dit-il, voici le moment de rentrer chez vous. »

Ils avouèrent presque tous, l'un après l'autre, qu'ils n'avaient pas de chez soi.

« Eh bien, reprit don Bosco, que ceux qui ont des parents aillent les trouver et que les autres me suivent. »

Il leur fit réciter un *Pater* et un *Ave*, et les conduisit au fenil. Le lendemain matin, il va pour les réveiller; ils étaient partis, emportant les sacs et les couvertures.

Le second essai fut plus heureux, mais peu durable. Un soir de mai 1847, après souper, don

Bosco et sa mère entendent frapper à leur porte.
Ils ouvrent et voient entrer un grand garçon de
quinze ans, mouillé jusqu'aux os et affamé. On
le sèche, on le restaure, puis en l'interroge.
Il n'avait pas fait sa première communion, n'avait
plus de parents, ne connaissait personne à Turin.
Don Bosco et sa mère lui offrirent un gîte, lui
rapprirent sa prière et son catéchisme. Il trouva
quelque ouvrage et resta jusqu'au commencement de l'hiver, où il regagna son pays. On n'eut
plus de ses nouvelles à l'Oratoire.

Au mois de juin de la même année, il trouve
encore un orphelin de douze ans, qui n'avait
jamais connu son père, et dont la mère venait
d'etre enterrée le matin même. Il essuie ses
larmes et le présente à dame Marguerite :

« Dieu soit béni ! » dit-elle.

Il fut placé depuis comme commis, et devint
un bon père de famille. Quelques autres suivirent, et en 1848 il en avait trente.

. Bien qu'il occupât successivement tous les
appartements de Pinardi à mesure de la cessation
des divers baux, la place manquait pour le coucher, en sorte qu'il dut recevoir seulement le
jour, par série de cinquante, des hôtes qui s'en
allaient passer la nuit à Turin. Mais les classes
devinrent quotidiennes, et il y eut déjà plusieurs
cours d'apprentissage pour divers métiers. Les
premiers bénéfices servirent à l'alimentation commune ; mais, dès qu'il fut possible, une large
part de profit fut accordée à chaque travailleur :

cordonnier, maçon, menuisier, etc. La maison ne
prenait que le moins possible, bien que maman
Marguerite aimât à dire :

« Ceci est de l'argent gagné par nos enfants! »

Don Bosco se délassait de ses travaux intellectuels en aidant au ménage; et il avait une spé-
cialité pour faire la *polenta*. Il raccommodait avec
peu d'élégance, mais beaucoup de solidité. Il partageait la soupe de ses élèves, et avait en sus un
plat unique de viande qui durait du dimanche
au jeudi, et un autre plat, maigre celui-là, qui
faisait le vendredi et le samedi. Jamais aucun de
ses confrères ne put faire avec lui table commune.
Mais les repas étaient assaisonnés par la gaieté
de don Bosco. Sa bonne humeur ne l'abandonnait jamais. Il disait, par exemple, à un enfant
qui avait perdu *ses péchés*, heureusement ramas-
sés par le père, et qui pleurait à chaudes larmes :

« Tu as perdu tes péchés? alors tu es sûr d'aller
droit en paradis. »

Et il lui rendait le dangereux cahier.

Il eut parfois à sauver des enfants de leurs
parents mêmes. Un d'eux, poursuivi par son
père, qui le battait sans raison, monte sur un
mûrier dans la cour de l'Oratoire. Le père arrive,
le réclame, menace de la police.

« Allons-y, répond don Bosco; je ferai connaître votre conduite, et l'on vous ôtera votre fils. »

Le père se retire. Don Bosco crie à l'enfant de
descendre, le rassure ; point de réponse. Il prend
une échelle et monte, trouve l'enfant transi et

tout saisi d'effroi, qui se débat, le mord, et va tomber de l'arbre. Il réussit enfin par ses bonnes paroles à le décider, et l'enfant descend avec son aide. Une soupe bien chaude achève de le remettre. De ce jour, il fut de la maison. Don Bosco en fit un petit relieur et en même temps un vrai musicien. Mais voyant sa vive intelligence, il sut le pousser beaucoup plus haut, et en 1857 le jeune homme recevait les ordres sacrés, et il est devenu un des prêtres les plus distingués du clergé de Turin.

On le voit, le système de recrutement était fort simple. Don Bosco l'exposait simplement à Paris :

« Dans mes courses à travers Turin, racontait-il à Notre-Dame-des-Victoires, quand je rencontrais un jeune homme sans moyens d'existence, je lui posais cette question :

« — Veux-tu travailler ?

« — Oui, me répondait-il, mais je ne sais où aller.

« — Je vais te l'indiquer, lui disais-je.

« — On ne me recevra pas, je suis trop mal habillé.

« — Viens toujours ; suis-moi ; on t'habillera. »

« Et tous me suivaient avec plaisir. Des femmes du monde, en effet, s'occupaient de vêtir ces pauvres garçons. Des jeunes gens riches, dévoués à notre œuvre, consacraient une grande partie de leur temps à leur trouver de l'ouvrage, en attendant que nous pussions leur en fournir sans sortir de chez nous... Il s'en trouvait de

très ignorants; mais quand ils se voyaient en
contact avec de tout jeunes enfants que nous
avions déjà instruits, ils avaient honte de leur
ignorance, ils suivaient nos classes avec ardeur
et ils en arrivaient bientôt à nous demander de
les confesser et de les communier. »

Ses moyens d'éducation étaient aussi simples
qu'élevés. L'amour et le respect qu'ils portaient
à don Bosco, la tendre reconnaissance que leur
inspirait maman Marguerite suffisaient à tout.
Plaire à Dieu et contenter don Bosco, voilà ce
qui maintenait les pupilles salésiens dans le
devoir. La menace d'être exclu de la maison,
c'était le moyen extrême pour les plus mauvais.
Rarement don Bosco se vit contraint d'en venir
à l'exécution; mais ils ne recula jamais devant la
nécessité de sauver le troupeau par l'exclusion
de la brebis galeuse.

La grande punition, c'était le refus d'un témoignage d'affection, comme de baiser le soir la
main de don Bosco. Une fois, par un pur oubli,
le bon père omit de présenter cette main chérie
à un de ses élèves. L'enfant, se croyant coupable
de quelque faute, sanglotait dans son lit; et quand,
interrogé sur la cause de son chagrin, il l'eût fait
connaître à son surveillant, celui-ci alla réveiller
don Bosco, et le bon père s'empressa de se lever
pour consoler son pauvre enfant, qui, saisissant
sa main, se payait à intérêts multiples du baiser
perdu.

« Un jour, raconte un enfant de l'Oratoire,

nous étions quatre cents à courir, jouer, crier, lorsque don Bosco parut, ayant à nous parler. Au seul signe de sa main levée tout s'arrêta, cris et jeux ; en un clin d'œil, nous fûmes autour de lui, tous silencieux, tous attentifs. Un carabinier, qui depuis un moment nous considérait, s'écria :

« — Voilà un curé qui, s'il était général, avec une armée aussi disciplinée, serait toujours sûr de vaincre. »

C'est à cette époque que don Bosco, trouvant sa maison trop petite pour sa famille, osa fonder le nouvel oratoire de Saint-Louis, qui fut inauguré le 8 décembre 1847, puis celui de l'Ange-Gardien, dix-huit mois après. Ses amis du clergé venaient tour à tour diriger ces succursales, tandis qu'il était retenu au Valdocco. Remarquons en passant que le 8 décembre, fête de l'Immaculée Conception, joue un grand rôle dans l'œuvre de don Bosco : le 8 décembre 1841, il recueille son premier enfant ; le 8 décembre 1844, il inaugure l'Oratoire dans l'hospice de l'inhospitalière marquise de Barolo ; le 8 décembre 1847, il fonde l'oratoire de Saint-Louis, dans le quartier où se trouve maintenant le cours Victor-Emmanuel II, et dans la maison d'une dame Vaglienti. Celle-ci manifestant des prétentions beaucoup trop élevées, et don Bosco ne disposant pas d'assez de ressources pour lui céder, les pourparlers menaçaient de ne pas finir, quand tout à coup le ciel se voile. Mme Vaglienti allume une lampe ; aussitôt un coup de tonnerre ébranle la maison et la lampe s'éteint.

« Bon père, s'écrie-t-elle en se jetant à genoux, obtenez de Dieu que j'échappe à la foudre, et j'en passe par où vous voudrez. »

Voilà comment la fondation de l'oratoire Saint-Louis fut l'œuvre d'un coup de foudre.

IV

Hérétiques et assassins. — Le chien de don Bosco.

Une des fautes nombreuses de Charles-Albert (on ne compte plus les erreurs fatales de la maison de Savoie) fut d'émanciper les Vaudois et de permettre à ces fanatiques d'exercer leur prosélytisme ignorant, peu scrupuleux sur le choix des moyens d'apostolat. Leurs pasteurs, appelés *barbets*, parce qu'ils portaient la barbe, donnèrent force ouvrage à don Bosco ; ouvrage non point difficile, mais rebutant. Ils allaient, attaquant la Vierge, le pape, la messe, la confession, le célibat des prêtres. Ils avaient d'ailleurs sur tous ces points des notions ridicules d'inexactitude, et leur audace, prenant toute la place du savoir qui leur manquait, les rendait matériellement redoutables. Don Bosco en fit l'expérience.

D'abord ils cherchèrent à discuter. Don Bosco dans ses conférences et dans plusieurs ouvrages leur prouva que jamais catholique ne s'était fait Vaudois pour mieux vivre, et que jamais Vaudois ne se fit catholique sinon pour bien vivre ou pour bien mourir. Il ne se serait cru qu'à demi disciple de saint François de Sales s'il n'eût combattu comme lui l'hérésie et publié pour la défense de la foi des ouvrages aussi pleins de logique et de verve incisive que d'érudition : le *Catholique dans le monde,* les *Avis aux catholiques* et surtout les *Lectures catholiques,* dont la publication longtemps prolongée faillit le faire assassiner.

Un jour, un ministre vint lui jeter à la tête l'idolâtrie de l'Église, qui adorait la Vierge, les saints, le pape comme des dieux, et proscrivait la lecture de l'Évangile. Don Bosco le mit au défi d'apporter la preuve de ces sottises, et le ministre ne reparut pas.

Un autre, et le plus renommé de tous, l'entreprit sur un texte de saint Paul, et, comme ils ne s'entendaient point ensemble sur l'interprétation, le Vaudois contesta la traduction de la Vulgate, et dit qu'il fallait recourir au texte grec.

« Volontiers, » répondit don Bosco.

Et il alla chercher le volume, qu'il lui remit.

Le barbet, d'un air solennel, prend le livre, le feuillette, le feuillette encore, et finit par ne pas trouver son texte.

« Permettez-moi un conseil, lui dit don Bosco

en souriant : tant que vous chercherez de cette
façon, vous ne trouverez rien. »

Le barbet, sans s'en douter, tenait le livre la
tête en bas. Cette anecdote fut racontée par tous
les journaux, et l'autorité du savant ministre n'en
fut point accrue.

Don Bosco, qui savait être malin à l'occasion,
mais qui était charitable avant tout, écrivit une
lettre touchante à un malheureux prêtre devenu
Vaudois, excommunié par ses nouveaux collègues,
pour lui offrir sa table et son toit. Celui-ci fut
touché, mais refusa cette offre généreuse *pour
beaucoup de raisons,* dont il eût rougi, sans
doute, de dire la principale : c'est qu'il s'était
marié.

Mais le pis fut que don Bosco eut à défendre
ses propres foyers, attaqués directement par les
Vaudois.

En effet, ces loups dévorants avaient résolu
d'entamer le troupeau du berger qui changeait
les fauves en brebis. Ils n'osèrent affronter de
trop près le terrible *bonhomme Bosco,* dont ils
avaient tâté la houlette, ils s'en prirent donc
tout d'abord à la succursale de Saint-Louis. Ils
offraient un joli livre et des pièces d'argent à
ceux qui voulaient les écouter. Sur quatre cents
des jeunes gens de saint Louis, soixante accep-
tèrent le livre et les pièces d'argent. Le livre
était une de ces infamies que les hérétiques et
les francs-maçons ont l'impudeur d'offrir à la
jeunesse pour corrompre d'un même coup sa foi

et ses mœurs : il avait pour sujet *la Confession*.
Don Carpano, qui dirigeait l'Oratoire et à qui
les enfants montrèrent le livre, leur expliqua le
but de cette propagande, et ils s'empressèrent de
faire un fort beau feu avec de si vilains papiers.
Cependant il eut soin de rendre compte de cette
aventure à don Bosco, qui ordonna qu'on postât
aux carrefours les plus âgés des jeunes gens
pour préserver les moins expérimentés du poison
vaudois. Que firent les barbets et leurs amis?
Ils attaquèrent l'Oratoire à coups de pioche; les
jeunes gens opérèrent une sortie et les mirent
en fuite.

La police fut prévenue et ne bougea pas. Aussi
un certain dimanche, don Carpano et don Borelli
étant dans la sacristie, deux coups de pistolet
furent tirés du dehors par la fenêtre; les balles
s'aplatirent sur un mur. Alors, sous la pression
de l'opinion, la police fut forcée d'intervenir,
et don Carpano fut laissé en paix par ces braves,
qui ne comptaient plus sur l'impunité.

Pourtant un dimanche de janvier 1854, fort
tard dans la soirée, deux hommes inconnus, dont
l'un était (on le sut depuis) un *barbet*, demandèrent à parler à don Bosco, et, dans un entretien qu'il a raconté, s'efforcèrent tour à tour de
le séduire et de l'intimider pour lui faire abandonner ses *Lectures catholiques*, comme œuvres
assez improductives pour ses intérêts, et de plus
dangereuses pour sa personne. Ils lui offraient
sur-le-champ quatre mille francs pour pourvoir

aux frais de publication des ouvrages de science quelconque qu'il voudrait entreprendre, et, voyant l'inutilité de cet argument, ils lui disaient :

« Vous n'avez pas, sans doute, monsieur le théologien, mesuré la portée et la conséquence d'un tel refus : il fera grand tort à votre institut et pourra exposer votre personne à certains désagréments, à certains périls...

— Assez, messieurs, répondit don Bosco, je vous comprends ; mais je vous déclare haut et net que, pour défendre la vérité, je ne crains personne... En me faisant prêtre, je me suis voué au bien des âmes. C'est dans ce but que j'ai commencé et que je poursuivrai mes publications.

— Vous faites mal, reprirent-ils, et vous nous bravez... Qui sait maintenant ce qui arrivera ? Quand vous sortirez, êtes-vous sûr de rentrer chez vous ? »

En ce moment les jeunes gens secouèrent légèrement la porte. Cependant don Bosco, sans s'émouvoir de leur ton menaçant, reprit avec calme :

« On voit bien que vos seigneuries ne savent pas ce que c'est qu'un prêtre catholique, autrement elles ne s'abaisseraient pas à de telles menaces. Qne nous fait l'attente de la mort, quand elle peut être pour nous le sort le plus enviable et le plus glorieux ? »

Les Vaudois, fous de colère, se jetèrent sur

don Bosco. Il se leva, mit sa chaise entre eux et lui, et reprit froidement :

« Si vous voulez employer la violence, je me fais fort de vous prouver qu'il en coûte cher de violer le domicile d'un citoyen libre; mais non, un prêtre ne doit chercher sa force que dans la patience et le pardon; seulement il faut que cela finisse. »

Puis ouvrant la porte toute grande et apercevant le jeune Buzzetti, il lui dit :

« Conduisez ces messieurs dans l'escalier et jusqu'au portail extérieur, car il m'a paru qu'ils ne connaissent guère l'Oratoire : ils pourraient se tromper. »

Don Bosco a raconté lui-même ces incidents si glorieux pour sa mémoire; il en a laissé publier beaucoup d'autres du même genre, et jusqu'à des miracles, dans les écrits de ses amis et dans le *Bulletin salésien,* qui sera toujours le trésor de ses biographes. C'est que, si don Bosco était humble, comme tous les saints, il l'était à sa manière : il avait une vertu plus grande encore que l'humilité, une vertu qui la renferme et qui la dépasse, la simplicité. Courageux comme un lion, il était *prudent comme un serpent et simple comme une colombe,* selon le conseil du Maître. Doué d'une intelligence prodigieuse, comme saint François de Sales et saint Vincent de Paul, qu'il semble réunir en sa personne, il y joignait une bonhomie plus prodigieuse encore, et celle-ci lui donnait un charme humain que le grand nombre

ne saurait trouver dans l'humilité si sincère et
d'ailleurs si juste et si raisonnable, mais si sail-
lante et si incompréhensible, d'un rude saint
comme le curé d'Ars. Il avait besoin, pour son
œuvre même, d'être séduisant, et Dieu lui donnait la mystérieuse séduction de la parole insi-
nuante et de la bonté communicative, toute naïve,
c'est-à-dire éminemment naturelle, qui n'avait
qu'à paraître pour triompher, et que la grâce,
toujours greffée sur la nature, ne devait point
altérer, mais grandir. Il sentait ses avantages
et s'en réjouissait en Celui *de qui vient tout don
parfait.* Il sentait que le Créateur avait mis dans
tout son être et jusque sur les traits de son visage
une grâce d'apostolat : c'est pourquoi il envoyait
volontiers son histoire et son portrait même en
mission, pour ainsi dire, aux quatre points du
monde.

Tous les saints se ressemblent, avec des diffé-
rences sans nombre, comme les fleurs variées
du céleste jardinier, qui les cultive sur la terre
et ne les cueille que pour orner son paradis. Le
curé d'Ars appelait son portrait son *carnaval* et
l'avait en horreur; don Bosco faisait du sien
comme un moyen de propagande et d'omnipré-
sence au milieu de tous ses amis et de ses coopérateurs.

Les Vaudois ne furent pas les seuls à persé-
cuter don Bosco. Les vauriens du Valdocco pour-
suivaient en lui l'ennemi du vice. Un jour qu'il
faisait son catéchisme, une balle tirée par la

fenêtre ouverte lui passa entre le bras et la poitrine et ne fit que déchirer sa soutane, puis alla
s'aplatir contre le mur.

« Ah ! pauvre soutane, dit-il, c'est toi qui
payes pour moi ; j'en suis vraiment fâché, car
tu es mon unique. »

Il empêcha cette fois les jeunes gens de se
lever pour courir après l'assassin.

Une autre fois, un forcené le poursuit jusqu'à
sa chambre un couteau de boucher à la main.
Don Bosco ferme la porte, tandis que les jeunes
gens veulent assommer le misérable et que dame
Marguerite, mieux avisée, s'en va chercher les
gendarmes. Dès le lendemain on le relâche, sous
prétexte que don Bosco lui avait pardonné. Informé
de cette capitulation de la police, un ami de don
Bosco va trouver l'assassin, et lui demande pourquoi il a voulu tuer don Bosco.

« Pour quatre-vingts francs qu'on m'a donnés,
répond le drôle.

— Eh bien, si je vous en donnais cent soixante
pour le laisser tranquille ?

— A ce prix, dit le bravo, je le défendrais. »
Le pacte fut conclu.

Dame Marguerite ne voulait plus laisser sortir
son fils qu'accompagné de deux ou trois jeunes
gens. Don Bosco, de son côté, les empêchait de
s'armer.

« Ce n'est pas, disait-il, à coups de fusil que
l'on remporte des victoires comme les nôtres. »

Maman Marguerite fit mettre une barrière de

fer au bas de l'escalier de la chambre de don Bosco et manda de Châteauneuf son autre fils, Joseph, pour le protéger.

Un soir on l'emmène, sous prétexte d'administrer une malade. Quatre de ses jeunes gens le suivent; deux restent hors de la maison, il oblige les deux autres à s'arrêter à la porte de la chambre. A peine est-il introduit, que la lampe s'éteint et que les coups de bâton commencent à pleuvoir sur ses épaules. Don Bosco saisit une chaise et la tient sur sa tête, qui sans ce bouclier d'un nouveau genre eût été brisée. Cependant les deux jeunes gens forcent la porte et arrachent leur maître à la mort; les scélérats n'osèrent le poursuivre. Dans la rue il s'aperçut que sa main était humide et son pouce gauche presque enlevé.

Les périls de don Bosco dans l'accomplissement de son œuvre allant toujours croissant, il était temps que la Providence s'en mêlât. Elle le fit à sa manière et de telle sorte, qu'on ne put se méprendre sur son intervention. Mais qui pourrait savoir le *comment* de son action miraculeuse? Les faits que nous allons raconter ont eu des témoins tellement sérieux, qu'il est impossible à ceux qui croient à la valeur du témoignage d'élever ici le moindre doute, et le témoignage humain peut tout autant prouver pour un miracle que pour le fait le plus naturel : parler d'abord de possible et d'impossible, c'est mettre la charrue avant les bœufs; la logique conclut, au contraire, de l'existence d'un fait à sa possibilité. Le chien miraculeux de don Bosco a été vu et touché; donc il a existé. Qu'était-il? C'est là une autre question, qu'il n'est ni nécessaire ni fort aisé de résoudre.

Le fait est que cet énorme chien, appelé par don Bosco lui-même *il Grigio*, le Gris, surgissait tout à coup lorsque le saint homme était en péril, et il le tirait aussitôt d'affaire.

La première fois que le fidèle gardien apparut, c'était un soir, ou plutôt une nuit, où don Bosco revenait, selon sa coutume, de Turin au Valdocco. Le terrain était alors inégal, plein de fondrières et bordé de haies propices aux brigands. Il vit un gros chien venir à sa rencontre. Son premier mouvement fut la défiance; mais le superbe animal remuait la queue et venait comme pour le caresser. Depuis ce moment, quand don Bosco s'attardait, *il Grigio* l'accompagnait, et les nombreux jeunes gens que maman Marguerite envoyait tour à tour à sa rencontre l'ont vu souvent en compagnie du *Grigio*.

« Je l'ai vu moi-même souvent, » affirme M. Buzzetti, devenu inspecteur des arts et métiers, parce que son pouce, enlevé par une balle destinée à son bienfaiteur, qu'il défendait contre des assassins, l'empêcha seul d'être admis au sacerdoce.

« *Il Grigio*, ajoute-t-il, a trois fois, à ma connaissance, sauvé la vie à don Bosco.

« Dans une soirée d'hiver très brumeuse et très obscure, don Bosco, pour abréger son chemin,

descendait tout droit de la Consolata à l'institut
de Cottolengo. A un certain point de la route, il
s'aperçut que deux hommes le précédaient à peu
de distance et qu'ils réglaient leur pas sur le
sien. Il comprit qu'ils n'avaient pas de bonnes
intentions ; aussi se dirigeait-il vers une maison
habitée, quand un des deux hommes lui jeta un
manteau sur le visage. Don Bosco voulut crier :
Au secours ! On le bâillonna avec un mouchoir.
Notre pauvre directeur se croyait perdu, quand
tout à coup on entendit un hurlement terrible,
moins semblable à l'aboiement d'un chien qu'au
grognement d'un ours en furie. C'était le Gris,
il Grigio. Il s'élance sur un de ces brigands et le
force à se tenir sur la défensive, puis il se jette
sur l'autre, qu'il mord à belles dents et qu'il ren-
verse. Alors il se tient immobile en continuant
de gronder sourdement.

« En ce moment les deux misérables, effrayés,
demandent grâce et s'écrient :

« — Mais rappelez donc votre chien, rappelez-
le vite !

« — Je le rappellerai, répondit don Bosco, qui
avait pu se débarrasser de son bâillon, si vous
voulez passer votre chemin et me laisser suivre
le mien.

« — Oui, nous nous en allons, mais retenez
le chien. »

« Alors don Bosco rappela *il Grigio,* qui resta
près de lui tandis que les deux brigands déta-
laient.

« Une autre fois, comme il retournait chez lui par le cours Saint-Maxime, un assassin passa derrière lui et lui tira à brûle-pourpoint (c'est le cas de le dire) deux coups de pistolet. Ces coups ne l'ayant pas atteint, le sicaire se jette sur don Bosco pour en venir à bout d'une autre manière. Mais à l'instant même survint *il Grigio*, qui assaillit l'assassin par derrière et le mit en fuite.

« Dans une autre circonstance, *il Grigio* le défendit contre une attaque plus redoutable encore, celle d'une véritable bande de sicaires. Il faisait nuit noire. Don Bosco traversait la place alors dite de Milan, aujourd'hui place Emmanuel-Philibert. Tout à coup il s'aperçut qu'il était suivi par un homme armé d'un énorme gourdin; il doubla le pas dans l'espérance de gagner l'Oratoire avant d'être rejoint. Il était parvenu au commencement de la descente, quand il aperçut dans le bas de nombreux malfaiteurs. Alors il attendit celui qui était derrière lui et lui donna avec tant de dextérité un coup de coude dans la poitrine, qu'il tomba comme mort en poussant un cri d'angoisse. Alors ses camarades accoururent et entourèrent don Bosco en levant leurs bâtons. A l'instant surgit le fidèle *Grigio,* qui se met à côté de son protégé en aboyant, en hurlant, en s'agitant avec une telle furie, que les misérables, qui craignaient d'être mis en pièces, supplient don Bosco de l'apaiser et disparaissent l'un après l'autre dans la nuit. Don Bosco fut escorté par son gardien jusqu'à la porte de l'Oratoire. »

M. Buzzetti raconte enfin qu'un jour don Bosco, ayant, contre son ordinaire, oublié une affaire importante, veut retourner à Turin dans la soirée pour réparer son omission. Maman Marguerite cherchait à l'en empêcher. Cependant il la rassure et prend son chapeau; mais en ouvrant la porte il trouve *il Grigio* couché sur le seuil.

« Bon! dit-il, nous serons deux. »

Mais il comptait sans son hôte. Il avait beau lui montrer la rue, cette fois *il Grigio* resta immobile et grogna sourdement. Don Bosco voulut passer outre, mais en vain : deux fois le volontaire *Grigio* l'empêcha de traverser le seuil de la porte. La bonne Marguerite lui dit alors, sans le tutoyer comme d'habitude, tempérant par une formule respectueuse une dure vérité :

« Vous voyez bien, mon fils, que le chien est plus raisonnable que vous; si vous ne m'écoutez pas, écoutez-le. »

Don Bosco écouta l'une et l'autre, et voilà qu'un quart d'heure après, un de ses voisins venait l'avertir qu'il avait vu rôder non loin de sa porte trois ou quatre bandits qui semblaient préméditer un mauvais coup.

Soit raison, soit flair, soit quelque autre chose supérieure au flair et à la raison, *il Grigio* les avait sentis.

Un soir enfin le chien fidèle vint faire ses adieux à don Bosco. Il se trouva, on ne sait comment, dans la cour de l'Oratoire, et des jeunes gens qui ne le connaissaient pas voulurent le chasser à coups de pierres. Buzzetti, qui le connaissait bien, lui, s'écria :

« Ne lui faites pas de mal, c'est le chien de don Bosco ! »

Aussitôt il est couvert de caresses et on le mène au réfectoire. *Il Grigio* jette un regard sur la table, en fait le tour, et va jusqu'à don Bosco, qui lui offre de la viande et du pain. Il refuse.

« Mais enfin que veux-tu donc? » lui dit don Bosco.

Le chien répond en secouant les oreilles et en remuant la queue. Puis il pose tout près de lui son museau sur la table en le regardant d'un œil satisfait et avec l'expression d'un respectueux attachement ; puis il sort par où il était entré, disparaissant pour toujours de l'Oratoire, sans qu'on sût d'où il venait ni où il était allé.

Si *il Grigio* est un chien véritable, il faudrait penser que pour don Bosco, comme pour beaucoup d'autres saints, pour saint François d'Assise, qui convertissait les loups, ou pour saint Antoine de Padoue, qui prêchait les poissons à l'avantage des âmes et pour la conversion des hérétiques, le paradis terrestre revit parfois sur la terre avec ses animaux dociles à l'homme innocent. Mais voici un fait qui complique un peu la question, du moins par rapport à l'unité ou à l'identité d'*il Grigio*.

Trente ans après, le 12 février 1883, c'est don
Bosco qui l'a raconté lui-même à M. l'abbé Aumenir, curé dans le Cher, trente ans après,
notez bien cet intervalle, don Bosco, accompagné de don Durando, se rendait à l'établissement
salésien de Vintimille. Ils s'égarèrent dans un
chemin mauvais, et don Bosco glissa dans une
fondrière, ayant de l'eau jusqu'aux genoux.

« Ah! s'écria-t-il, si j'avais mon *Grigio!* »

Il n'avait pas fini, qu'un énorme chien parut.
Don Durando en eut peur.

« Prenez garde, mon père, prenez garde! »

Mais don Bosco caressait l'animal, qui remuait
la queue.

« On dirait *il Grigio!* Mais oui vraiment!
même taille, même couleur; c'est lui ou quelque
autre qui lui ressemble, peut-être son fils.
Voyons, si tu es vraiment celui que j'imagine,
tu vas nous tirer de là, mon vieux *Grigio,* mon
fidèle gardien! »

Le chien s'élance dans une certaine direction,
puis revient pour voir s'il est suivi; don Bosco
le suit sans hésitation, don Durando imite son
directeur avec quelque défiance, et ils arrivent
à la porte de la maison qu'ils cherchaient.

« Ils sonnent, poursuit M. Villefranche, d'après
une lettre de l'abbé Aumenir, on leur ouvre,
l'animal entre avec eux; mais il refuse toujours
ce qu'on lui offre.

« -- Puisque tu ne veux rien accepter, lui dit
don Bosco, retourne à l'endroit d'où tu viens;

mais auparavant n'oublie pas d'être poli et de saluer les convives. »

« Le chien obéit, toujours comme jadis, adressa un gracieux signe de tête à chacun et disparut. »

Qui pourrait croire que de semblables faits se passent à notre époque? Mais Dieu ne consulte point les idées courantes, et s'il lui plaît de mettre ou la nature physique ou la nature animée au service de ses saints, il le fait aussi bien en plein XIXe siècle qu'en plein moyen âge.

V

Le nouvel Oratoire et l'église Saint-François-de-Sales. — Le choléra à Turin. — Don Bosco et Ratazzi. — La promenade des trois cents. — Don Bosco perd sa mère.

Ce fut en février 1851 que don Bosco, locataire de l'immeuble Pinardi depuis 1846, en devint propriétaire. Pinardi, qui jusque-là lui avait demandé quatre-vingt mille francs, vint lui offrir spontanément sa propriété un beau dimanche: il se contentait de trente mille livres, payables dans quinze jours, ne demandant, en plus de l'offre du bon père, que cinq cents francs d'épingles pour sa femme. Don Bosco, qui n'avait pas le premier sou de cette somme, reçut le jour même dix mille francs de la comtesse Casazza,

et le lendemain vingt mille francs d'un père ros-
minien qui cherchait un bon placement et lui
demandait conseil à ce sujet. Don Bosco prit la
somme à cinq pour cent, et trouva les cinq cents
francs restants et les frais chez le banquier Cotta.
Il acheta ensuite l'auberge *della Giardineria,* ce
qui fut une grande joie pour dame Marguerite,
délivrée d'un tel voisinage.

Il parla aussitôt de bâtir une belle église à saint
François de Sales.

« Mais avec quoi? nous n'avons que des dettes,
lui disait sa mère.

— Si vous aviez de l'argent, demanda le fils,
m'en donneriez-vous?

— En pourrais-tu douter?

— Eh bien, Dieu m'en donnera. »

La première pierre de l'église fut posée le
21 juillet 1852, et la consécration se fit le 20 juin
de l'année suivante.

A peine l'église bâtie, don Bosco se met à
élever le nouvel asile : c'était un vaste édifice
à deux étages, rez-de-chaussée et sous-sols.

« Le prêtre charitable, disait-il à sa mère, est
le canal des aumônes, et, vous le savez, quand
un canal se vide d'un côté, il se remplit de
l'autre. »

En effet, les aumônes affluaient. Depuis le roi
Victor-Emmanuel jusqu'à l'humble Joseph Bosco,
tous donnaient. Joseph recevait les enfants aux
Becchi sans vouloir toucher la moindre indem-
nité. Un jour, venant à Turin pour acheter des

veaux et voyant la pauvreté de son frère, il lui
offre les trois cents francs destinés à l'achat et
ne veut entendre ni à les garder ni à les prêter.

« Tes enfants, lui dit-il, prieront pour les
miens, ce sera pour moi tout avantage. »

Admirable famille d'un saint !

Les prières des enfants étaient la bourse de
don Bosco. Un jour, la note du boulanger se
trouva si forte, que celui-ci ne voulait plus la
laisser grossir. Voilà que le comte d'Agliano
arrive à l'Oratoire, demandant des prières pour
sa femme malade, et offre une somme égale à la
moitié de la note. Les enfants prient, et quelques
jours après le comte apporte la bonne nouvelle
de la guérison et tout justement la seconde moitié de la dette.

Mais le fondateur intrépide n'était pas au bout
de ses épreuves. La nuit du 2 au 3 décembre 1852,
le nouvel Oratoire, presque achevé et déjà tout
habité, croula sous les pluies diluviennes. Les
enfants, effrayés, se sauvent enveloppés de leurs
draps, tandis que maman Marguerite s'efforce
de les recueillir et les installe tant bien que mal
dans le vieux hangar, et que don Bosco cherche,
au péril de sa vie, pendant toute la nuit, parmi
les décombres toujours accrus par des éboule-
ments nouveaux, si quelques enfants n'y sont
pas ensevelis. Heureusement aucun ne fit défaut,
et l'on en fut quitte pour recommencer la bâtisse
avec plus de soin.

Une nouvelle épreuve fut le choléra asiatique

de 1854. A Gênes et à Turin, la mortalité fut énorme : les maisons se vidaient, des cadavres restaient sans sépulture. Don Bosco commença par le soin de la double hygiène physique et morale, purifiant dans sa maison les chambres et surtout les consciences, améliorant le régime alimentaire et multipliant la prière. Personnellement il ne vit rien de mieux que d'offrir à Dieu sa vie pour ses brebis. Pas un de ses enfants ne tomba malade, lui seul fut atteint. Il s'enferma, se soigna et se frictionna sans rien dire, et guérit. Ce fut l'affaire d'une nuit.

On peut dire que don Bosco et les siens n'auraient pas manqué de gagner le mal, s'il ne fuyait ordinairement ceux qui le poursuivent pour atteindre ceux qui le fuient. Tous les enfants, invités par leur père à se dévouer à leur tour, avaient répondu à son appel ; mais il n'en voulut accepter que quarante, jugés les plus forts. Sous les ordres et à l'exemple de don Bosco, ils se multipliaient pour soigner les corps et assister les âmes, tandis que maman Marguerite se multipliait aussi pour accueillir les nouveaux orphelins que le choléra faisait dans la ville, et donnait jusqu'aux dernières chemises de la maison, jusqu'à la nappe de la table et au linge de l'autel.

Cette année 1854 finit du moins dans la joie, et un *Te Deum* d'action de grâces fut chanté dans l'église Saint-François-de-Sales le 8 décembre, jour où Pie IX proclama l'Immaculée Conception. Don Bosco y prêcha devant toute la ville, accou-

rue pour entendre sa parole si douce, et encore
plus peut-être pour voir sa sainteté et sa bonté,
qui parlaient aux yeux avant qu'il eût ouvert la
bouche. Il présida des processions où l'on vit aux
premiers rangs de tout un peuple les deux frères
Cavour, dont le second devait désoler le bercail
de Jésus-Christ en dépouillant son vicaire.

C'est en cette année 1854 que don Bosco entra
en relations avec un grand personnage qui, en
dépit de sa politique antireligieuse, prit ses œuvres
en affection, et lui fut souvent d'un grand secours.

Il faisait un dimanche son catéchisme ordinaire ; un petit garçon lui demanda la permission
de l'interroger. L'ayant obtenue, l'enfant dit :

« Si Trajan fit une injustice en exilant le pape
saint Clément, que faut-il penser de notre gouvernement, qui a exilé notre archevêque, Mgr Franzoni ? »

Don Bosco répondit :

« Mon ami, Trajan commit une injustice, comme
tous ceux qui persécutent l'Église, et de plus une
imprudence, car l'obéissance à Dieu est la garan-
tie de l'obéissance aux princes. Voilà la thèse.
Mais quant à l'application au temps présent,
réservons-la à ceux qui feront le catéchisme dans
cent ans. Pour le moment, respectons l'autorité
sous ses deux formes, civile et religieuse. »

L'enfant insista :

« Mais si vous étiez l'archevêque ?

— Je ne suis pas l'archevêque, répondit don
Bosco, toi non plus, mon petit ami ; en attendant

que tu le sois, occupe-toi de tes leçons pendant la classe et de tes billes pendant la récréation. »

Ce catéchime se faisait devant tout le monde, et, au sortir de l'église, le catéchiste se vit aborder par un homme de grande taille et de manières distinguées qui le félicita sur sa réponse adroite et ferme : c'était le ministre Ratazzi, qui, au bout d'une heure d'entretien et d'une visite à la maison de don Bosco, demeura convaincu de l'excellence de sa méthode religieuse et moralisatrice, qui substitue les moyens préventifs aux moyens répressifs, et la formation du cœur à la contrainte extérieure des lois. Le ministre prétendait pourtant qu'il y a des natures incorrigibles. Don Bosco, qui ne s'en avouait nullement convaincu, lui affirmait du moins que pour ses enfants, pris dans les bas-fonds de la société, il pouvait en réformer quatre-vingt-dix sur cent, « et en renvoyant les autres, ajoutait-il, je garde encore la conviction qu'ils emportent quelque chose de mon enseignement. » Ratazzi, convaincu, promit à don Bosco de faire adopter son système dans les prisons et maisons de correction, « et, s'il ne réalisa pas complètement cette promesse, dit le *Bulletin*, c'est qu'il manqua du courage nécessaire pour expliquer nettement et défendre ses propres convictions. »

En mai 1855, don Bosco prêcha une retraite de huit jours à la *Générale*, qui est la principale prison de Turin. Les fruits en furent admirables, et trois cents sur quatre cents s'approchèrent de la sainte table. Don Bosco, voulant leur faire un plaisir, demanda pour eux au directeur un jour de liberté. Celui-ci le crut fou :

« Pourquoi pas la liberté définitive ? Une fois dehors, comment les retiendrez-vous ?

— Par l'honneur et la conscience. »

L'honneur et la conscience des fripons ! Néanmoins le directeur demanda l'autorisation au ministre, bien certain de la réponse. La réponse le terrassa. Elle était ainsi conçue :

« Accordé, RATAZZI. »

Le directeur de la prison courut trouver le ministre, qui lui dit qu'il tenait *à faire une expérience*. Décidément le ministre aussi était fou. Et don Bosco mena ses trois cents prisonniers aux jardins royaux de Stupinigi. Pas un seul ne s'écarta. Au retour, ils virent que don Bosco était fatigué, déchargèrent l'âne qui portait les vivres, lui confièrent don Bosco, et le conduisirent par la bride, heureux de contempler tour à tour cette bonne et sainte physionomie du père. Don Bosco alla remercier le ministre et lui rendit compte de sa journée :

« Vous avez, vous autres, une force que nous n'avons pas, lui dit Ratazzi ; vous pouvez dompter les cœurs. »

Les bâtiments relevés ne purent être habités aussitôt après leur achèvement, dans l'hiver de 1856, qu'en les séchant avec de grands brasiers. Mais, au lieu d'aller les habiter avec les enfants, Marguerite Bosco se mit au lit dans son ancienne chambre et réclama ses deux fils et ses petits-enfants. A Joseph elle recommanda de bien élever ses enfants et lui souhaita une modeste aisance avec une vie laborieuse ; à ses petits-enfants, la paix et l'union :

« Ils les garderont, dit-elle, s'ils restent en règle avec la loi de Dieu. »

Elle dit à Jean qu'il devait toujours avoir en vue la gloire de Dieu, et veiller à ce qu'elle fût le seul but de ses prêtres salésiens :

« Beaucoup, dit-elle, recherchent leur propre gloire. Ta famille aura beau s'agrandir, il faut qu'elle reste pauvre. Tant qu'il en sera ainsi, Dieu la bénira. »

Elle reprit après quelques détails plus précis et confidentiels :

« C'est pour moi une grande consolation de recevoir d'un de mes fils les derniers sacrements de notre religion, comme aussi de voir par la maison tant de jeunes clercs portant la soutane, de prêtres même, qui sont tes enfants, mon cher Jean, et aussi un peu les miens. Je me recommande à leurs prières à tous, et si le bon Dieu daigne me recevoir dans sa miséricorde, maman Marguerite n'oubliera personne là-haut. »

Don Bosco lui apporta le saint viatique. Il était anéanti par la douleur.

« Adieu, dit-elle, adieu, mes enfants, embrassez-moi pour la dernière fois. Ne pleurez pas ainsi : souvenez-vous que le travail et la souffrance sont le lot ici-bas. Va-t'en, Jean, obéis à ta mère. »

Don Bosco hésitait; sur un signe expressif de sa mère, il alla tomber suffoqué aux pieds de son crucifix. Auprès de la veuve Bosco restaient sa sœur Marie, don Borelli et Mme Jeanne-Marie Rua.

A trois heures du matin, il entend le pas de Joseph :

« Eh bien? » demanda-t-il.

Joseph lui montra le ciel. Don Bosco prit le jeune Joseph Buzzetti et alla dire la messe des morts dans la chapelle souterraine della Consolata. C'était le 25 novembre 1856.

Aux funérailles de la mère de don Bosco, simples comme celles du pauvre, assistaient les trois maisons salésiennes tout entières. Ces quinze ou seize cents jeunes gens, qui l'accompagnaient avec ses deux fils et ses petits-fils, étaient aussi ses enfants.

Elle ne laissa ni vêtements ni linge : elle n'avait que les habits qu'elle emporta dans la tombe. Il lui restait douze francs que don Bosco lui avait donnés pour acheter une coiffe, et qu'elle n'avait pas eu le temps de dépenser pour ses orphelins. Elle n'avait jamais voulu remplacer son manteau désormais sans couleur, mais aussi sans une tache; le prix destiné à l'achat du remplaçant avait toujours fondu entre ses mains. Elle avait dépensé ses derniers jours au service de ces enfants de son cher fils, qu'elle nourrissait, qu'elle soignait, qu'elle formait comme une aïeule, et qu'elle gâtait même quelquefois, mais toujours de la bonne façon, amendant à propos pour l'un ou pour l'autre la sévérité de l'ordinaire, ou adoucissant la rigueur d'une punition pour la rendre plus profitable.

Elle fut toujours pour lui-même une aide, un suppléant, un conseil et surtout une mère. Pendant son absence, elle remplaçait par son bon sens profond et son activité toute une administration, et les dix ans qu'elle vécut près de don Bosco permirent au fondateur des Salésiens de préparer en quelque sorte la *monnaie* de sa mère, en ayant tout prêts à lui succéder une légion de jeunes serviteurs qui furent les premiers coadjuteurs de l'ordre. La nouvelle congrégation put donc, à l'aide de tant d'auxiliaires, la remplacer dans ses diverses fonctions. Mais qui aurait pu la remplacer pour don Bosco ?

VI

Notre-Dame Auxiliatrice. — Ses faveurs signalées.

Don Bosco avait pourtant une mère meilleure encore que celle-ci, une mère qui est aussi la nôtre et le secours des chrétiens, et c'est la Mère de Dieu. Le père des Salésiens la vénérait tout particulièrement sous ce titre, qui lui avait valu la victoire de Lépante, obtenue par les *Ave Maria* de saint Pie V, puis la délivrance de Vienne par Jean Sobieski, l'origine de la confrérie de Marie auxiliatrice, enfin la délivrance de Pie VII, qui, rentré triomphalement à Rome le 24 mai 1814, fixa la fête de Marie auxiliatrice au 24 mai de chaque année.

Don Bosco, trouvant sa chapelle de saint François de Sales trop petite, conçut le projet grandiose, téméraire en apparence, d'élever un temple magnifique à Marie auxiliatrice. Le saint pape Pie IX entra aussitôt dans ce dessein : il envoya au fondateur cinq cents francs avec sa bénédiction, qui allait multiplier bien des fois l'obole du pêcheur. La première pierre fut posée le 27 avril 1865 par le prince Amédée, qui devait régner quelque temps sur l'Espagne.

En trois ans l'église fut bâtie. La dédicace se fit le 19 juin 1868. Pie IX avait accordé une indulgence plénière. L'édifice avait coûté onze cent mille francs, dont huit cent cinquante mille furent donnés en remerciements de faveurs obtenues.

Beaucoup de ces faveurs ont été racontées par le *Bulletin salésien*.

Don Bosco, dès le début des travaux, se trouva bientôt sans le sou et devant mille francs aux ouvriers, qui se lassaient de travailler à crédit. Il se souvint d'une dame malade qui s'était dite bien décidée à faire tous les sacrifices pour recouvrer la santé. Il lui fit faire une neuvaine, et le

huitième jour il trouva cette dame parfaitement
guérie :

« Voici ma première offrande, dit-elle en lui
remettant mille francs, et ce ne sera pas la dernière. »

Quelque temps après, trouvant le baron commandeur Cotta, sénateur du royaume, étendu sur
son lit et ne s'attendant plus à voir seulement la
fin de la journée, il lui dit :

« Que feriez-vous si Notre-Dame auxiliatrice
vous guérissait?

— Si elle me guérissait, je donnerais pour son
église deux mille francs par mois pendant six
mois. »

Don Bosco s'en retourne à l'Oratoire, fait prier
les orphelins, et trois jours après le baron Cotta
venait lui apporter son premier versement, qui
fut suivi de beaucoup plus d'autres qu'il n'en
avait promis.

Le 16 novembre 1866, raconte le docteur d'Espiney, don Bosco avait le besoin le plus urgent
de quatre mille francs pour ses constructions.
Don Rua, préfet de l'oratoire saint François de
Sales et quelques autres, avaient en quelque
sorte *drainé* la ville et rapportaient seulement
mille francs avec l'absolue conviction qu'elle ne
pouvait leur donner davantage. On dîne, et don
Bosco avait toujours le sourire sur les lèvres.
Après dîner il sort, et, passant devant la porte
d'une riche maison dont il ne connaissait point
les habitants, un domestique en livrée l'invite à

monter. Il trouve un homme d'un certain âge, couché et paraissant souffrir beaucoup.

« Ah ! mon père, lui dit cet homme, vous devriez bien me remettre sur pied.

— Je le désirerais autant que vous, répondit don Bosco. Y a-t-il longtemps que vous êtes malade ?

— Trois ans, mon père, et sans espoir. Ah ! si vous me soulagiez, vos œuvres n'y perdraient rien.

— Vraiment, cela tomberait bien. Mes œuvres ont besoin ce soir de trois mille francs.

— Si encore il ne s'agissait que de trois cents francs ; mais trois mille !

— N'en parlons plus. »

Et, après quelques paroles banales, il faisait mine de se retirer.

« Mais, mon père, et ma guérison ?

— Mon cher monsieur, je n'ai pas le pouvoir de vous guérir. Dieu, évidemment, a ce pouvoir ; mais quand on marchande avec lui...

— Mais aussi, mon père, trois mille francs.

— Je n'insiste pas. »

Et il se leva de nouveau.

« Enfin, mon père, obtenez-moi un peu de soulagement, et d'ici à la fin de l'année je tâcherai de compléter les trois mille francs.

— A la fin de l'année ! Mais ne vous ai-je pas dit qu'il me les faut ce soir ?

— Ce soir, ce soir... je ne les ai pas chez moi :

il faudrait envoyer à la banque, et cela exige des formalités.

— Allez-y donc vous-même, cher monsieur, les formalités sont moindres.

— Vous plaisantez, mon père. Ne vous ai-je pas dit que depuis trois ans je ne suis pas seulement descendu de mon lit?

— Rien n'est impossible à Dieu. Faites appel à l'intercession de Marie auxiliatrice. »

Don Bosco fit réunir toutes les personnes de la maison, au nombre d'une trentaine. Il les fit réciter avec lui une prière, et ordonna aussitôt après d'habiller le malade.

« Habiller monsieur! Mais depuis trois ans que monsieur ne fait plus usage de ses vêtements, nous ne savons où les trouver.

— Qu'on aille m'en acheter, dit le vieillard avec impatience; mais qu'on obéisse au Père. »

Le médecin survient et conjure son malade de ne pas bouger. Le malade ne tient compte du conseil, et ses vêtements se retrouvant, il les revêt et se promène à grands pas. Il ordonne d'atteler, et en attendant fait un bon repas avec un appétit qu'il ne connaissait plus, puis il descend l'escalier, monte en voiture, le tout sans aide, se rend à la banque, et en revient avec les trois mille francs, qui ne furent que le commencement de ses libéralités à don Bosco.

« Je suis guéri, ne cessait-il de répéter.

— Vous faites sortir vos écus de la banque, lui

dit don Bosco, et Notre-Dame auxiliatrice vous fait sortir du lit. »

Les faveurs qui suivirent la consécration du sanctuaire furent encore plus grandes que celles qui précédèrent son érection. Il devint bientôt un lieu de pèlerinage comparable à Fourvières **et à Notre-Dame de Lourdes**. Les murs en sont déjà couverts d'*ex-voto*.

Un samedi de mai 1869, une jeune fille aveugle, que sa tante accompagnait, se présente les yeux couverts d'un épais bandeau. Son nom était Marie Stardero, du village de Vinovo.

Après avoir prié à l'autel de la sainte Vierge, elle demanda à parler à don Bosco, qui la reçut à la sacristie, l'examina attentivement et lui fit rendre compte de sa maladie.

« J'ai fait tous les remèdes possibles, mais ils n'ont fait qu'aggraver mon mal ; les médecins ne veulent plus m'en donner.

— Otez ce bandeau, » ordonna don Bosco.

Et plaçant la jeune fille en face d'une fenêtre bien éclairée :

« Voyez-vous la lumière de cette fenêtre ? Dites-moi, de quel côté est-elle ?

— Malheur à moi ! je ne vois rien du tout.

— Voudriez-vous voir ?

— Si je le voudrais ! Je suis une pauvre fille, j'avais besoin de mes yeux pour gagner mon pain ; mon Dieu ! que je suis donc malheureuse ! »

Et elle sanglotait.

« Si le bon Dieu vous rendait la vue, vous en

serviriez-vous pour le servir ou pour l'offenser?

— Comment pouvez-vous en douter, mon père? Pour remercier et bénir Dieu, ce ne serait pas assez de toute ma vie.

— Eh bien, ne pleurez plus, ayez confiance en Marie auxiliatrice. Pour vous obtenir votre guérison, elle n'aura qu'à vouloir. Oui, j'espère qu'elle aura pitié de vous. »

Il cessa un instant de parler, puis il reprit :

« A la gloire de Dieu et de la bienheureuse Vierge Marie, nommez l'objet que je tiens dans la main. »

La jeune fille fit un effort des yeux dans la direction indiquée. Tout à coup elle s'écria :

« Je... je... je vois !

— Que voyez-vous?

— Une médaille.

— De qui?

— De la sainte Vierge.

— Et de l'autre côté de la médaille?

— De ce côté, un homme âgé avec une tige de lis à la main : saint Joseph.

— O sainte Madone! s'écria la tante : tu vois donc?

— Mais oui, je vois. Merci, merci, bonne Vierge, je vois. »

En ce moment, elle tend la main pour prendre la médaille; mais celle-ci tombe et roule dans un coin obscur de la sacristie. La tante se baisse pour la ramasser, don Bosco s'y oppose :

« Laissez-la faire; on verra si elle a effectivement recouvré la vue. »

La jeune fille retrouve et ramasse la médaille.
Alors, comme saisie de délire, elle se met à pousser des cris de joie, et, sans plus rien dire à personne, sans même songer à remercier Dieu, elle
s'échappe et reprend la route de Vinovo, suivie
de sa tante et d'une autre femme qui l'avait accompagnée. Mais elle ne tarda pas à revenir rendre
grâces à la sainte Vierge, sans oublier une petite
offrande en rapport avec ses facultés pour l'église
de Notre-Dame auxiliatrice. Depuis ce temps elle
n'a plus souffert des yeux et sa vue est restée parfaite. Sa tante fut délivrée en même temps d'une
violente douleur rhumatismale qui durait depuis
longtemps et qui la rendait incapable des travaux
de la campagne.

Le docteur d'Espiney, le premier peut-être qui
écrivit du vivant de don Bosco tant de récits mer-
veilleux, et à qui nous devons la révélation de
cet homme miraculeux, à une époque où, déjà
plein d'œuvres et de mérites, il était encore à
peine connu en France, nous raconte un trait
aussi piquant et original qu'édifiant.

Un médecin aborda un jour don Bosco à l'Oratoire de saint François de Sales :

« On dit, mon père, que vous guérissez de
toutes sortes de maladies.

— Moi, pas du tout.

— On me l'a affirmé, et l'on m'a cité les noms
des personnes et la nature des maladies.

— On se trompe, monsieur le docteur, sur les
causes sinon sur les faits. Beaucoup de personnes

viennent ici solliciter des grâces par l'intermé-
diaire de Notre-Dame auxiliatrice. Si elles les
obtiennent, je n'y suis pour rien, c'est à la sainte
Vierge qu'elles les doivent. Or vous savez, docteur,
que la sainte Vierge est toute-puissante. »

Le médecin hocha la tête :

« Moi, d'abord, dit-il, je ne crois pas aux miracles. J'y croirais si la sainte Vierge en voulait
faire un pour moi, mais....

— Pourquoi ce *mais*, docteur? Si vous aviez
la foi et l'humilité de cœur comme les autres,
vous pourriez être soulagé tout aussi bien qu'eux.
Dites-moi quelle est votre maladie ? »

Le médecin raconta qu'il avait des crises d'épi-
lepsie, qu'elles étaient de plus en plus fréquentes
depuis un an, et qu'il ne pouvait plus sortir sans
être accompagné, de crainte d'accident.

« Eh bien, dit le prêtre, il faut d'abord purifier
votre conscience : mettez-vous là, je vais vous
confesser.

— Me confesser, moi !

— Et pourquoi non ? Seriez-vous sans péché?

— Oh ! pour cela, mon père... mais je ne crois
pas à la confession, ni à la sainte Vierge, ni même
à Dieu, pas plus qu'aux miracles.

— Mettez-vous là tout de même, cher monsieur,
cela ne peut vous faire aucun mal, et, ne fût-ce
que par l'attitude humiliée, vous attirerez sur
vous les grâces dont vous avez besoin. »

Le docteur se laissa faire. Le prêtre l'invita à
prononcer les paroles du signe de la croix. Le

docteur fut étonné de les retrouver dans sa mémoire. Il y avait quarante ans qu'il ne les avait dites. Puis il écouta le prêtre, se sentit profondément remué, pria avec lui, pleura, promit de mener désormais une vie régulière, et finit par se réconcilier complètement avec Dieu.

La confession achevée, don Bosco l'embrassa et lui dit :

« Vous voilà guéri de votre plus grand mal, celui auquel vous ne songiez pas ; j'espère que l'autre, celui qui vous a amené ici, a disparu de même. Si cette espérance se confirme, vous remercierez Notre-Dame auxiliatrice, et non le pauvre prêtre Jean Bosco, qui n'est qu'un pécheur comme vous. »

Le médecin, depuis lors, n'a jamais éprouvé la moindre atteinte de son mal, et il est souvent venu rendre grâces à Notre-Dame auxiliatrice pour la guérison de son corps et celle encore plus précieuse de son âme.

VII

Nouvelles épreuves et nouvelle expansion
de l'œuvre salésienne.

Déjà, dès 1848, les tendances révolutionnaires du gouvernement furent la cause de quelques ennuis pour don Bosco, dont la fidélité au saint-siège, bien qu'accompagnée d'un grand respect pour l'autorité civile, était déjà taxée de conspiration envers l'État. Mais ce fut la guerre de 1859 qui déchaîna la persécution contre le fondateur de l'Oratoire.

Au début, l'oratoire Saint-François-de-Sales fut en grande faveur ; car, outre qu'il reçut des enfants des familles pauvres dont les chefs étaient appelés sous les drapeaux, il devint un lieu de réunion pour les soldats français. Les batailles de Magenta et de Solférino firent de nombreux orphelins et remplirent l'Oratoire. Victor-Emmanuel envoya de maigres secours. Mais quand on apprit que don Bosco avait écrit au saint-père pour le consoler dans ses amertumes, et que les *Lectures catholiques* d'avril eurent publié la réponse pontificale, si pleine de tendresse et de confiance en Marie immaculée, tout fut perdu. On fit des visites domiciliaires chez don Bosco pour y découvrir les

preuves de sa conspiration. Dans une de ces
visites, on crut avoir mis la main sur le corps
du délit quand, après mainte hésitation, et sur
menace de bris du seul tiroir fermé à clef dans sa
chambre, il ouvrit enfin ce tiroir, qui découvrit
aux enquêteurs... les factures écrasantes des four-
nisseurs de don Bosco : au boulanger, sept mille
huit cents francs ; au marchand d'huile, quinze
cents ; au marchand de cuir, plus de deux
mille, et le reste à l'avenant. Ils ne furent pas
plus heureux dans les interrogatoires perfides
qu'ils firent subir aux élèves pour prouver que
l'enseignement du maître était subversif des lois
de l'État.

D'ailleurs celui-ci, toujours ferme autant que
gracieux, ne les laissa jamais procéder à aucune
visite que sur l'exhibition de mandats en règle,
et se refusa toujours à signer tout procès-verbal
qui ne fût rédigé contradictoirement avec lui.

A la suite de ces visites domiciliaires, don
Bosco fut se plaindre au ministre de l'intérieur
Farini et au chef du cabinet, le célèbre Camille
de Cavour, qui le connaissaient très bien personnellement. Néanmoins le chevalier Spaventa,
secrétaire général à l'intérieur, lui fit faire antichambre des demi-journées entières. Il finit par
lasser ce mauvais vouloir.

Farini le reçut fort bien et le félicita de ses
œuvres.

Don Bosco lui déclara qu'il venait remettre
toute cette jeunesse entre ses mains, « puisque

vos agents me rendent, dit-il, ma tâche impossible, et je viens me décharger de ce fardeau sur vos bras. »

La discussion fut longue. Farini voulut lui prouver son crime de rébellion contre l'État, qu'il écrivait dans l'*Armonia*, ce qui était faux, qu'il correspondait avec le pape, Mgr Franzoni, le cardinal Antonelli, enfin avec tous les ennemis de la monarchie piémontaise. Don Bosco n'eut pas de peine à prouver qu'il avait le droit de correspondre avec le pape et les évêques. Mais le ministre ne garda pas longtemps son sang-froid. Le calme, l'aménité de don Bosco le mit hors de lui ; il le traita de fou, lui qui devait finir trois ans après dans une maison de santé.

Cavour arriva sur les entrefaites. Il demanda ce que c'était, serra les mains de don Bosco avec des paroles d'amitié, puis entama une discussion sophistique, pour lui prouver qu'on ne pouvait être à la fois avec le roi et avec le pape.

Don Bosco lui dit au cours de cette discussion :

« Monsieur le comte, cette maison de Valdocco, que Votre Excellence a si souvent visitée, encouragée, on veut la détruire. On m'a déshonoré au préjudice de mon institut. La morale, la religion, les sacrements ont été tournés en ridicule devant mes enfants. Tout cela n'a pu être ordonné qu'avec le consentement de Votre Excellence. De pareils faits ne peuvent rester inconnus du public, et tôt ou tard Dieu les vengera. »

Il se défendit de rien faire et de rien dire

contre l'État; on ne pouvait incriminer sa pensée :

« Un homme n'est-il pas libre de penser que quelqu'un agit mal et de n'en rien dire, soit parce que cela ne le regarde pas, soit parce que toute opposition de sa part serait inutile ou même dangereuse?... Je recueille des centaines d'enfants pauvres dans ma maison, voilà la coopération que je vous donne, voilà ma politique; je n'en connais pas d'autre. »

Les ministres et don Bosco se séparèrent bons amis, du moins en apparence Mais ni les uns ni l'autre ne changèrent de politique, et l'inquisition gouvernementale continua de venir troubler les classes du Valdocco.

Cependant don Bosco, loin de renoncer à son œuvre, comme il en avait menacé le ministre, se mit en mesure d'être maintenu dans le droit d'enseigner en soumettant à tous les examens inventés par le gouvernement ses nombreux professeurs. Si bien qu'au début de l'année scolaire 1860-1861, quand Mgr Franzoni lui demanda de prendre sous sa direction un séminaire qui, faute d'élèves, allait fermer ses portes, don Bosco fut en mesure d'accepter cette charge, et bientôt le séminaire compta plus de deux cents élèves.

Tandis qu'il était tout occupé d'un grand nombre de fondations nouvelles en divers pays, don Bosco eut la douleur de perdre son frère. Celui-ci, en parfaite santé, eut un pressentiment de sa mort, et, voulant mourir en règle avec le prochain comme avec Dieu, il vint tout exprès à

Turin prier son frère de le remplacer après sa mort comme caution d'un de ses amis.

« Si tu meurs, tout est fini, lui dit don Bosco en souriant ; paye qui reste. »

Et il n'en accepta pas moins la charge.

Joseph en rentrant chez lui mit ordre à ses affaires comme s'il allait mourir. Peu de temps après, il fut saisi d'un mal qui en quelques heures le mit à l'extrémité. Don Bosco accourut aux Becchi et lui prodigua ses soins. Joseph expira entre ses bras, paisiblement et saintement, comme il avait vécu.

Don Bosco n'abandonna pourtant point les Becchi. Il prit des arrangements avec ses neveux pour venir tous les ans avec une partie de ses élèves fêter Notre-Dame du Rosaire et y faire une neuvaine solennelle quand ses œuvres lui permettaient des vacances de neuf jours.

Les Becchi demeurèrent toujours pour ses chers enfants une promenade privilégiée, et des récits pleins de fraîcheur publiés dans le *Bulletin* ou dans les livres de don Bosco lui-même ont conservé la douce et chère mémoire de ces pèlerinages au berceau du fondateur de l'Oratoire salésien.

VIII

Les Salésiennes. — Les missions.

Après avoir pourvu à l'éducation des garçons, don Bosco s'occupa aussitôt de pourvoir à l'éducation des filles. Ce fut le premier but de la Congrégation de Marie-Auxiliatrice. Les religieuses de don Bosco furent les filles posthumes de sa sainte mère. Car elle leur offrait l'exemple du dévouement et de l'abnégation, et, de plus, elle avait cent et cent fois rêvé cet ordre nouveau, sans lequel l'œuvre de don Bosco semblait inachevée. Ces pauvres petites filles vagabondes, que maman Marguerite avait tant de fois regretté de ne pouvoir prendre avec elle, devaient aussi avoir des mères.

Dans les premiers temps, les religieuses manquèrent de tout, hors de foi et d'espérance. Il fallait mendier parfois au moment du diner la farine pour faire la *polenta* et le bois pour la cuire.

« Ah! disait don Bosco, si ma mère était là, comme cette pauvreté lui plairait. »

Pie IX, à qui don Bosco s'empressa de soumettre sa nouvelle fondation, voulut que les sœurs restassent à jamais sous la dépendance des supérieurs salésiens.

« Qu'elles soient vis-à-vis de vous et de vos successeurs ce que furent les sœurs de charité vis-à-vis de saint Vincent de Paul et ce qu'elles sont encore vis-à-vis du supérieur général des Lazaristes. Alors, tout sera pour le mieux. »

C'est à cette occasion que Pie IX apprit à connaître plus particulièrement don Bosco. Un jour qu'un malade sollicitait le saint pape de le guérir :

« Si vous désirez un miracle, dit Pie IX en souriant, adressez-vous à don Bosco, prêtre de Turin, il accomplit des miracles de charité, et je ne m'étonnerais point qu'il en fît d'autres encore. »

Le 22 mai 1873, Pie IX mettait saint François de Sales au nombre des docteurs de l'Église, et le chanoine Joseph-Benoît Cottolengo était déclaré vénérable. Double joie au Valdocco, où saint François de Sales régnait sur la congrégation naissante, et où Cottolengo avait précédé don Bosco dans la voie de la charité en fondant un asile, devenu célèbre, pour les vieillards et pour les petits enfants.

Au moment où Cottolengo mourait, en 1842, don Bosco, qui ne paraît pas l'avoir connu particulièrement, commençait son œuvre.

Pie IX approuva les règles de la société de saint François de Sales par décret du 3 avril 1874. Celles de Marie-Auxiliatrice furent approuvées peu de temps après.

Don Rua fut choisi comme préfet de la société nouvelle, et le cardinal Alimonda, archevêque de Turin, put dire au sortir d'une visite à ce bon religieux :

« Maintenant don Bosco peut mourir, il y a quelqu'un pour le remplacer ici-bas. »

A peine don Bosco venait-il de rendre grâces au saint-père qu'une circonstance providentielle le ramenait aux pieds de Pie IX pour lui offrir des missionnaires destinés à fonder des orphelinats et des collèges en Amérique.

Le commandeur Gazollo, consul de la République Argentine à Savone, émerveillé de sa visite à un collège de don Bosco, en demandait de semblables pour son pays. A ses instances se joignirent d'autres invitations venues d'Amérique. Pie IX n'hésita point devant les offres de don Bosco.

« J'ignore, dit-il, si l'institut sera un jour assez nombreux pour accueillir les demandes qui viennent de l'Inde, de l'Australie et de l'Afrique; mais il faut commencer par un point, et ce point doit être l'Amérique. »

Pie IX avait une tendresse particulière pour l'Amérique du Sud, où il avait été auditeur de nonciature, et qui est toute remplie de travailleurs italiens. L'immense cité de Buenos-Ayres, aussi grande que Lyon, en est presque toute peuplée. Don Bosco envoya dix prêtres ou frères coadjuteurs salésiens et quinze sœurs de Marie-Auxiliatrice, sous la conduite de don Cagliero,

né comme lui à Châteauneuf d'Asti et qui, entré
à treize ans, en 1861, à l'oratoire de Saint-François-de-Sales, ne l'avait pas quitté. Il lui donna
pour second don Fagnano, préfet du collège de
Varèse. Ils se rendirent à Rome, accompagnés
du commandeur Gazzolo, pour solliciter la bénédiction apostolique. Pie IX les reçut le 1er novembre 1875, avec cette bonhomie pleine de
dignité qui le faisait ressembler à don Bosco :

« Voici, leur dit-il, ce pauvre vieillard que vous
attendiez. »

Et il se fit présenter par don Cagliero tous ses
compagnons de départ, les bénit, leur prédit de
grands succès, « une moisson abondante, qui
consolera, dit-il, les dernières années de mon
pontificat tourmenté. »

Ils reviennent heureux à Turin et reçoivent,
en présence d'une foule innombrable, aux vêpres
de la fête de saint Martin, veille de leur départ,
les adieux solennels autant qu'émus de leur bon
père.

« Salésiens, disait-il en terminant, gardez partout le souvenir des membres de la famille dont
vous vous séparez matériellement et de votre
père qui vous y a reçus; nos cœurs vous sui-
vront, laissez-nous une part des vôtres. »

Et sa voix s'éteignit dans les larmes.

Les Salésiens commencèrent leur mission à
bord de la *Savoie*, remplie d'émigrants italiens,
espagnols et basques. Don Cagliero leur faisait
des instructions en italien, en espagnol et en

français; les missionnaires disaient la messe, la plupart des passagers y assistaient, au moins le dimanche. Parmi les sept cents passagers, on n'entendit ni un blasphème ni un mauvais propos. Le 7 décembre, ils faisaient escale à Rio-de-Janeiro.

L'archevêque, après un premier moment de froideur et de défiance, accueillit les missionnaires à bras ouverts et les supplia d'obtenir de don Bosco des collaborateurs pour ses prêtres trop peu nombreux : il lui en eût fallu des centaines, disait-il; son peuple avait oublié la religion.

A Montevideo, un riche pharmacien piémontais, dont les quatre fils étudiaient chez les Salésiens, en Italie, leur exprimait le désir d'un collège dans l'Uruguay, et ce vœu ne devait pas tarder à s'accomplir.

Ils arrivèrent à Buenos-Ayres le 14 décembre. Plus de deux cents Italiens et l'archevêque même étaient à leur rencontre. Le bon prélat les embrassa comme de vieux amis.

Ils furent obligés d'accepter un service paroissial; don Cagliero prit cette charge pour lui, et don Fagnano fut mis à la tête d'un collège qui était inauguré le 20 mars 1876. Deux mois après, il comptait cent cinquante élèves. Les sœurs de Marie-Auxiliatrice desservirent un hôpital.

Depuis lors don Bosco et don Rua ont fait presque chaque année de nouveaux envois de missionnaires à l'Amérique du Sud, pays qui semblait perdu pour la religion et où l'ignorance

des plus simples vérités chrétiennes était devenue
telle, dans certains pays du moins, que beaucoup
de braves gens y avaient oublié les plus simples
notions du catéchisme, et jusqu'au signe de la
croix. Aujourd'hui, la République Argentine, la
République de l'Équateur, le Chili, le Pérou,
les pays sauvages qui avoisinent le pôle, la Patagonie particulièrement, qui *mangeait ses missionnaires,* selon le mot de Pie IX, sont évangélisés
par les enfants de don Bosco; et ces pays, plus
remplis de révolutions que de volcans : l'Équateur, qui eut Garcia Moreno et qui chasse aujour-
d'hui les religieux; le Chili, que Pie IX louait
comme *la seule république sud-américaine qui
n'eût point alors connu les secousses révolutionnaires,* devront, en dépit de tant d'obstacles, leur
restauration religieuse aux Salésiens.

Les missionnaires salésiens ne se contentent
plus de l'Amérique du Sud. Au moment où nous
écrivons, une nouvelle phalange va occuper les
postes anciens et en remplir de nouveaux : tels
que la Californie, le cap de Bonne-Espérance,
Alexandrie d'Égypte. Les bénédictions de Pie IX
portent leurs fruits et ses espérances les plus
vastes se réalisent.

IX

L'éducation salésienne. — Ses fruits. — L'enseignement
de don Bosco. — Ses livres.

Don Bosco, qui a fait pendant plus de quarante
ans une expérience si large de l'éducation, en
a eu tout d'abord la tradition et le génie. Il avait
hérité l'une et l'autre de sa mère, et l'éducation
qu'il a donnée est tout justement celle qu'il avait
reçue.

L'œuvre maîtresse de don Bosco, c'est l'oratoire de Saint-François-de-Sales. Il donne ce nom
d'oratoire à son œuvre parce que la prière
résume tout : l'éducation, l'étude, l'action, toute
la formation de l'homme est enfermée dans la
prière. Mais ses maisons de prière ne sont point
l'asile de la contemplation : c'est la demeure de
l'étude et du travail sous toutes ses formes. Don
Bosco qui avait songé dès son enfance à partager avec ses semblables tout ce que Dieu et l'éducation avaient donné à sa riche nature, don
Bosco ramasse dans la rue l'enfant abandonné,
l'instruit, l'*élève* surtout (c'est bien le mot), et
avec son tact tout particulier a bien vite démêlé
la vocation de l'adolescent. Il lui a donné la
commune instruction, il développera maintenant

les aptitudes particulières du sujet. Que s'il a
ce qu'il faut pour compléter son instruction litté-
raire ou scientifique, alors il ne reculera pas
devant la difficulté, il le conduira jusqu'au terme
où son heureuse nature lui permet d'aspirer.

C'est-à-dire que l'Oratoire est un tout merveil-
leux, où l'on trouve réunies l'école primaire pour
tous, l'école secondaire pour les intelligences
privilégiées; bientôt s'y ajouta le petit séminaire
pour le recrutement du personnel salésien, qui
compte aujourd'hui tant de saints prêtres. Mais
pour le plus grand nombre, c'est l'atelier qui
s'ouvre après l'école, et c'est toujours l'atelier
qui manque le moins souvent dans cette véritable université salésienne, qui compte ses maîtres
par centaines et qui en a déjà un grand nombre
en France.

Il s'y fabrique force papier, force caractères
d'imprimerie, force volumes, force gravures, car
l'art du livre y est le plus cultivé peut-être, force
menuiserie vraiment artistique : presque tous les
corps de métier y sont d'ailleurs représentés;
mais il s'y fabrique surtout des ouvriers chrétiens, qui, à l'exemple de saint Joseph et de
Jésus même, font surtout de leur métier l'œuvre
de Dieu, l'œuvre du salut. N'est-ce pas au besoin
le plus pressant du siècle que don Bosco a voulu
satisfaire en fondant à Turin et en semant par tout
l'univers l'atelier chrétien sous le nom d'Oratoire :
qui travaille prie ; oui, qui travaille ainsi fait
certes une bonne prière, et qui prie travaille;

aussi voyez ces jeunes apprentis, levés à quatre heures et demie en été et à cinq heures en hiver, répondre à la prière en commun et entendre la messe avant de commencer leur journée, puis recevoir en silence, à sept heures, leur déjeuner et se rendre en silence encore à l'atelier, où ils travaillent dans le silence et dans l'ordre le plus parfait, graves et contents, consciencieux et dociles.

Les étrangers qui visitaient l'oratoire de Turin éprouvaient une véritable admiration en voyant cette école pratique d'industries variées organisée avec économie et simplicité, mais où rien de ce qui est nécessaire à l'instruction professionnelle ne fait défaut : les ateliers de cordonniers, de tailleurs, de boulangers, de forgerons, de typographes, de fondeurs de caractères, de reliure, de gravure (la papeterie est non loin de la ville), où ces jeunes apprentis travaillent avec ardeur et avec calme pourtant ! Après l'heure du travail, les voilà qui jouent avec les prêtres salésiens, tous enfants de la maison. On dirait, à la respectueuse familiarité des uns, et à l'affectueuse condescendance des autres les pères jouant avec leurs enfants. Quelle haute idée ils ont de leurs maîtres ! Un voyageur français demande un jour à l'un de ces jeunes gens, qui lui servait de cicerone :

« Le supérieur parle-t-il aussi français ?

· · Je le crois bien ; il parle toutes les langues. »

Mais le but de l'Oratoire est la réformation des âmes, et le caractère de ses œuvres ressortira mieux dans l'histoire d'un de ses enfants : pauvres enfants d'abord, heureux enfants ensuite !

Don Bosco nous a lui-même raconté l'histoire de Michel Magon, dont il fit la rencontre à Carmagnola, un soir d'automne qu'il dut y attendre une heure le convoi de Turin.

Une troupe bruyante d'enfants jouait auprès de lui.

« Les cris de : « Attends!... prends-le!... arrête « celui-là!... ne manque pas cet autre..., » servaient, dit gaiement don Bosco, à occuper la patience des voyageurs.

« Au milieu de ces cris retentissait une voix plus distincte que les autres et qui se haussait jusqu'à les dominer toutes; elle était comme la voix d'un capitaine. Tous les camarades répétaient les ordres donnés par elle et les suivaient avec une rigoureuse docilité.

« Aussitôt me vint un vif désir de connaître celui qui, avec tant d'autorité et de promptitude, parvenait à mettre un certain ordre dans un tel vacarme. J'épie le moment où tous sont réunis autour de ce chef, et en deux sauts je me lance au milieu d'eux.

« Tous se sauvent comme épouvantés. Un seul reste, se retourne vers moi et, les poings sur les hanches, paraît vouloir me faire tête.

« — Qui êtes-vous, vous qui interrompez notre jeu?

« — Je suis un ami.

« — Que me voulez-vous?

« — Je voudrais, si vous le permettiez, prendre ma part de votre divertissement.

« — Mais qui êtes-vous? Je ne vous connais pas.

« — Je te le répète, je suis un ami, désireux de me récréer avec toi et tes compagnons. Et toi, qui es-tu?

« — Moi, dit-il d'une voix grave et sonore, je suis Michel Magon, général de la récréation. »

« Pendant ce dialogue, les autres enfants, qu'une panique avait dispersés, revenaient l'un après l'autre et formaient un cercle autour de nous. Après quelques paroles pacifiques et banales à quelques-uns d'entre eux, je m'adressai de nouveau à Magon :

« — Mon cher Magon, quel âge as-tu?

« — J'ai treize ans.

« — Vas-tu déjà te confesser?

« — Oui, oui. »

« Et il éclata de rire.

« — As-tu fait ta première communion?

« — Oui, je l'ai faite.

« — As-tu appris quelque profession?

« — J'ai appris la profession de *far niente*.

« — Ce métier-là ne te mènera pas loin. Vas-tu à l'école?

« — J'ai fait la troisième élémentaire.

« — As-tu encore ton père?

« — Non, mon père est mort.

« — Et ta mère?

« — Ma mère travaille au service d'autrui et

fait ce qu'elle peut pour nous donner du pain,
à mes frères et à moi, qui la faisons continuel-
lement endêver.

« — Pauvre mère ! Mais que veux-tu faire, toi,
pour l'avenir ?

« — Il faudra bien que je fasse quelque chose,
mais je ne sais pas quoi ! »

« Cette franchise de langage, jointe à une
manière claire et correcte de s'exprimer, me fit
éprouver une vive douleur de le voir abandonné
ainsi. Il me sembla que si cette ardeur, ce naturel
entreprenant avaient la bonne fortune d'être cul-
tivés, on pourrait obtenir beaucoup de ce garçon.

« — Mon cher Magon, repris-je, l'existence
vagabonde n'est pas faite pour toi. Voudrais-tu
apprendre un métier, ou continuer tes études ?

« — Pourquoi pas ? répondit-il avec émotion.
Vous dites vrai, la vie que je mène ne me va pas.
Plusieurs de mes camarades sont déjà en prison.
Pareille aubaine m'attend un de ces jours, j'en
ai peur ; mais qu'y faire ? Mon père est mort, ma
mère est pauvre, je n'ai personne pour m'aider.

« — Eh bien, mon ami, ce soir, fais une prière
au bon Dieu ; tu sais : « Notre Père qui êtes aux
« cieux. » Fais-la du fond du cœur et prends confiance. Il aura soin de toi, de moi et de tous. »

« En ce moment, la cloche de la gare frappait
ses derniers coups, et je devais partir sans retard.

« — Prends, dis-je à mon nouvel ami, prends
cette médaille, et demain va trouver don Ariccio,
vicaire de cette paroisse ; dis-lui que le prêtre qui

t'a donné la médaille désire des renseignements sur ta conduite. »

« Il prit la médaille avec respect, tout en me pressant de questions :

« — Mais qui êtes-vous?... De quel pays?... Don Ariccio vous connaît-il?... »

« Je ne lui répondis pas. Le train sifflait. Je montai en wagon pour Turin.

« Mais le fait de n'avoir pu connaître son interlocuteur produisit chez Magon un vif désir de savoir quel était ce prêtre. Si bien que, sans attendre au lendemain, il se rendit de ce pas chez don Ariccio. Le vicaire comprit de qui et de quoi il s'agissait; et le jour suivant il m'adressa une lettre dans laquelle il me confirmait exactement tout ce que mon petit général m'avait dit de lui-même et de sa famille. »

Il entre à l'Oratoire. Don Bosco lui demande ce qu'il voudrait choisir, des études ou d'un apprentissage. Il choisit les études avec empressement.

« Et que veux-tu faire plus tard?

— Si un petit vaurien tel que moi pouvait jamais devenir assez bon pour faire un curé, un bon curé comme vous?...

— Nous verrons, mon ami; nous verrons. »

« Peu de temps après son arrivée, raconte encore don Bosco, il devint tout triste; le sourire ne se montrait plus sur ses lèvres. Souvent, lorsque ses camarades étaient corps et âme en récréation, il se retirait dans quelque coin à penser, à réfléchir, parfois à pleurer. Je l'observais de près; aussi, quand le moment me parut venu, je le fis appeler et lui dis :

« — Mon cher Magon, je désirerais que tu me fisses un plaisir, mais je ne voudrais pas un refus.

« — Parlez seulement, répondit-il, empressé, parlez; vous ne pouvez rien me demander que je ne sois disposé à faire pour vous.

« — J'aurais besoin que tu me laissasses un moment maître de ton cœur. Oui, ouvre-le-moi, mon cher enfant, que j'y puisse lire la cause de ce chagrin qui te mine et qui m'afflige.

« — C'est vrai, ce chagrin... O mon père! je suis désespéré. »

« Un sanglot lui coupa la parole, et il se mit à pleurer abondamment. Je le laissai se dégonfler. Ensuite, je repris sur un ton de plaisanterie :

« — Comment! le voilà ce général Michel Magon, chef de toute la bande de Carmagnola! Quel général tu me fais!... Toi qui as le verbe si facile, tu ne trouves plus à m'exprimer ce que tu as sur le cœur!

« — Je ne sais par où commencer.

« — Dis-moi un seul mot; je continuerai, moi.

« — Voilà! j'ai la conscience tout embrouillée.

« — Suffit! mon cher enfant; j'ai tout compris. J'avais besoin que tu prononces ces premières paroles pour que je puisse dire le reste. »

Le bon père lui fit faire alors une bonne confession qui le rendit tout content. De ce jour Magon fut le plus heureux des enfants.

Il meurt à la fleur de l'âge, en prédestiné donnant ses commissions à don Bosco pour l. re et recevant les siennes pour le ciel : tous deux aussi simples, aussi naïfs dans leur foi l'un que l'autre, le père et l'enfant.

« Tout à coup, il m'appelle par mon nom et me dit :

« — Nous y sommes; venez à mon aide.

« — Sois tranquille, lui répondis-je, je ne te quitterai pas que tu ne sois avec le Seigneur, en paradis. Mais puisque tu te crois au moment de partir de ce monde, ne veux-tu pas donner le dernier adieu à ta mère?

« — Non, répondit-il, je ne veux pas lui occasionner une aussi grande douleur.

« — Ne me laisses-tu pas au moins quelque commission pour elle?

« — Oui, dites à ma mère qu'elle me pardonne tous les chagrins que je lui ai causés pendant ma vie; je m'en repens. Dites-lui que je l'aime bien, qu'elle prenne courage, que je vais l'attendre en paradis. »

« Ces paroles firent pleurer tous les assistants. Je refoulais mes propres larmes, afin d'occuper en de bonnes pensées ses derniers moments. Je lui adressais donc de temps en temps quelques questions :

« — Que dirai-je de ta part à tes camarades?

« — Qu'ils fassent toujours de bonnes confessions.

« — De toutes les actions de ta vie, quelle est

celle qui en ce moment te donne le plus de joie ?

« — Ce qui me console le plus en ce moment,
c'est le peu que j'ai fait en l'honneur de la sainte
Vierge. O Marie! Marie! qu'il est bon de mourir
votre serviteur! Toutefois, mon père, il y a une
chose qui m'inquiète : quand mon âme, séparée
de mon corps, sera pour entrer dans la vie éter-
nelle, que devrai-je dire? à qui m'adresser?

« — Ne crains rien, lui dis-je; Marie t'accom-
pagnera devant le Souverain Juge ; laisse-lui le
soin de tout. Mais avant de te laisser partir,
je voudrais te donner une commission.

— Donnez, mon père, je ferai de mon mieux
pour obéir.

— Quand tu seras en paradis, et que tu auras
vu la vierge Marie, présente-lui mon humble et
respectueuse salutation et celle de tous ceux qui
habitent ici. Prie-la de nous bénir, qu'elle nous
garde sous sa protection, de telle sorte que pas
un de ceux qui sont dans cette maison ou que la
divine Providence y enverra ne se perde pour
l'éternité.

— Je ferai votre commission, mon père; n'en
avez-vous pas d'autres ?

— Pour le moment, rien de plus. Repose-toi. »

Pour notre part, nous ne pouvons douter que
Marie ait exaucé une foi si naïve, et nous croyons
en voir une preuve dans le fait prodigieux raconté
par le docteur d'Espiney et par M⁣ˢʳ Spinola, évêque
de Milo.

« Un jeune homme qui, bien qu'élevé pieusement à l'oratoire Saint-François-de-Sales, avait eu le malheur de perdre la foi, était à l'article de la mort à Rome, et refusait obstinément de se confesser. Don Bosco en fut prévenu. La triste nouvelle vint le trouver à Florence. Sans le moindre délai, il se mit en route pour Rome, mais il arriva tard, et quand il entra dans la chambre du jeune homme, celui-ci n'était plus. On comprend l'anxiété de la famille, tandis que le malade luttait contre son mal, en se demandant si son vieux maître arriverait à temps, aussi bien que la désolation qui succéda à l'anxiété quand tout le monde se fut convaincu qu'il ne restait plus rien à faire. Il n'y avait que don Bosco qui gardât son calme :

« Laissez-moi seul, » dit-il à ceux qui l'entouraient.

Et, après avoir prié avec ferveur, il se tourna vers le défunt, et, d'un ton impératif, cria par trois fois :

« Charles, lève-toi ! »

Le mort se leva, se confessa, et, en présence de ses parents et de ses voisins stupéfaits, reçut la sainte communion. Ce dernier acte achevé, don Bosco embrassa tendrement son ancien élève et lui dit :

« Mon enfant, tu es en état de grâce ; tu tiens le ciel ouvert : veux-tu y aller ou rester avec nous ?

— Je veux aller au ciel, » répondit le jeune homme.

Et il laissa retomber sa tête : il était de nouveau un cadavre.

Souvent la Providence se chargea de lui reconduire par des voies bien à elles ces fauves qu'il n'avait pu changer en brebis.

M. Villefranche affirme, après l'avoir constaté, que, du vivant de don Bosco, pas un seul de ses anciens élèves ne fut frappé de la moindre condamnation, ce qui est admirable, vu le milieu d'où ils sortaient presque tous. Mais les clients de passage ne lui donnaient pas tous la même satisfaction.

Don Bosco, rentrant de ses courses apostoliques, traversait un bois, quand un homme armé l'arrête, lui demandant *la bourse ou la vie.*

« La bourse, je n'en ai pas. La vie, c'est Dieu qui me l'a donnée, lui seul a droit de la reprendre.

— Allons, abbé, pas tant de phrases. La bourse, ou bien je frappe. »

A ce moment, don Bosco reconnaît dans son agresseur un ancien détenu des prisons de Turin qu'il a catéchisé.

« Tiens ! c'est toi, un tel ? Tu tiens mal tes promesses. J'avais confiance en toi, et te voilà ! »

Le voleur le reconnaît à son tour, il baisse la tête.

« Bien sûr, mon père, que si j'avais su que c'était vous, je vous aurais laissé bien tranquille.

— Cela ne suffit pas, mon enfant : il faut absolument changer de vie. Tu lasses la bonté divine,

et si tu ne fais pas bien vite pénitence, prends
garde que tu n'aies pas le temps de te repentir à
l'article de la mort.

— Certainement, mon père, je changerai de
vie, je vous le promets.

— Il faudra te confesser.

— Je le ferai.

— Et quand ?

— Oh ! bientôt.

— Alors, tout de suite, c'est plus sûr. Mets-toi
là, mon enfant. »

Et, s'asseyant sur une grosse pierre, don Bosco
désigne la place à ses pieds. Après quelques hésitations il se met à genoux, et don Bosco, lui
passant la main autour du cou et le pressant sur
son cœur, comme autrefois, entend l'aveu de ses
fautes. Puis il l'embrasse, lui donne une médaille
de Notre-Dame auxiliatrice et le peu d'argent
qu'il avait sur lui. Après quoi il part en compagnie de son voleur, qui le conduit jusqu'aux portes
de la ville, et qui devint par la suite un excellent
sujet [1].

Don Bosco avait une intuition surnaturelle des
vocations. Il découvrit don Ronchail et don
Cagliero, inconnus à eux-mêmes, qui, en rappe-
lant devant don Bosco ce qu'il leur avait révélé,
pleuraient de joie. Lui, souriait doucement.

En 1884, une grande dame de Turin lui présente ses trois fils :

[1] Villefranche.

3*

« L'aîné, dit don Bosco, sera diplomate comme son père, le second militaire; le troisième, c'est celui-ci, et il le caressa, nous en ferons un prêtre, s'il plaît à Dieu et à vous, madame.

— Prêtre, jamais! s'écria la mère : plutôt la mort. »

Huit jours après, ce cher fils était mourant, en proie à un mal inconnu. Elle court chercher don Bosco, elle promet tout; mais il n'était plus temps.

« Mère, lui dit l'enfant, prenant la main de don Bosco, rappelez-vous, chez ce monsieur, ce que vous avez dit : « Prêtre, jamais! qu'il meure « plutôt! » C'est de cela que je meurs; le bon Dieu me prend malgré vous. »

Don Bosco lui-même fut impuissant contre le châtiment divin.

Parlerons-nous des extases continuelles de Dominique Soave, qui les appelait des distractions et les cachait de peur qu'on ne se moquât de lui, de Dominique Soave, qui voit dans un rêve mystérieux la conversion de l'Angleterre, et qui conduit don Bosco près d'un renégat mourant dont il reçoit l'abjuration. Mais quand on lui demande comment il découvrit ce moribond, l'enfant ne sait que rougir.

Ce serait peut-être ici le lieu de dire tout ce que don Bosco a écrit pour l'instruction des siens : traités de sciences et de lettres, cours considérables d'histoire sacrée et profane. On se demande comment il a su trouver le temps de

composer et surtout de préparer par de sérieuses
études plus de cent volumes, grands ou petits,
quelques-uns de plus de cinq cents pages com-
pactes in-octavo, tous remarquables par la pro-
fondeur de la pensée, la hauteur et la sérénité du
sentiment, la finesse exquise de l'observation, le
bon sens élevé du fond, la sobriété souvent pitto-
resque et la simplicité toujours élégante de la
forme. Comme celui de son compatriote piémontais, Silvio Pellico, son style est d'école française,
et il a dû travailler sérieusement, comme il l'a
raconté lui-même, pour désapprendre la pompe
fleurie des déclamations collégiennes, dont peu
d'auteurs italiens ont su se défaire. Son histoire
d'Italie et bien d'autres de ses ouvrages ont été
adoptés dans les écoles publiques d'Italie, et se
sont écoulés à plus de cent mille exemplaires.

X

Les coopérateurs. — Don Bosco dans le midi de la France.
— Nouvelles faveurs extraordinaires.

Comment se sont fondées et comment vivent
encore les œuvres de don Bosco? La société qu'il
a instituée n'avait pas, lors de son décès, dix
mille francs de rente. Son revenu est ce qu'il y a
de plus incertain, si l'on se place au point de vue

naturel; mais ce qu'il y a de plus sûr, au point de vue divin. Ce revenu, c'est la charité.

Organisateur éminent, don Bosco a organisé la charité en établissant les coopérateurs et coopératrices de saint François de Sales, dont le règlement a été approuvé par Pie IX le 9 mai 1876, et enrichi par lui de nombreuses indulgences, et entre autres de toutes les indulgences franciscaines.

Pour avoir droit à ces faveurs, il suffit de se faire inscrire parmi les coopérateurs, ce que l'on peut faire à seize ans, de dire chaque jour certaines prières fort courtes, et de faire tous les mois ou tous les ans une offrande absolument indéterminée, et qu'on doit, sans doute, proportionner à ses moyens, pour entrer dans l'esprit de l'association et de la charité chrétienne.

Nous retrouvons, dans le *Bulletin*, les souhaits de bonne année, accompagnés des plus délicates et des plus touchantes demandes d'étrennes que le père de tant d'orphelins adressait, au 1er janvier, à ses coopérateurs de tout l'univers. Ces pieux appels n'ont jamais été sans réponse, et Dieu récompensa souvent par des grâces extraordinaires de l'ordre temporel et de l'ordre spirituel la générosité envers don Bosco.

Beaucoup des traits qu'on en raconte avec preuves à l'appui ressemblent à ceux de la vie du curé d'Ars, qui, lorsqu'il avait besoin d'argent pour ses œuvres, en trouvait partout. C'est l'histoire de tous les serviteurs de Dieu : ce qui est dans la maison du Maître est à eux. Faut-il s'en étonner? *Domini est terra et plenitudo ejus :* « Au Seigneur est la terre et toute sa plénitude. »

En vain les démons promettent des trésors à leurs adeptes, leur or se résout en poussière. Mais tout l'or de la terre est au Créateur, et, s'il le laisse prendre à l'avarice et à l'ambition, il le prodigue avec amour à la charité.

Don Bosco avait un jour besoin de douze mille francs pour ses fondations. La tête fatiguée, il sort à l'aventure, et rencontre une femme qui lui dit :

« Mon maître est au plus mal, il vous demande. »

Don Bosco se fait conduire chez le malade, qui avait une fièvre violente, lui dit d'avoir confiance, et celui-ci, se sentant réconforté par sa présence, se lève une demi-heure après et s'en va lui porter les douze mille francs qu'il lui fallait et qu'il n'avait pas demandés.

Un riche marquis lui disait :

« Je voulais faire quelque chose pour vous, mais on m'annonce la perte de vingt mille francs.

— Et si vous recouvriez cette somme?

— Je vous en donnerais la moitié ; mais, hélas ! ni vous ni moi n'en verrons rien. »

Don Bosco fait prier ses enfants, et quelques jours après le marquis lui envoie à l'oratoire cinq mille francs, puis bientôt cinq mille autres : il n'avait rien perdu.

Voici encore quelques faveurs extraordinaires accordées aux amis de l'oratoire salésien :

La femme d'un employé de chemin de fer de Sampierdarena tombe malade, elle est à la dernière extrémité. Dans ce pays sans pratique religieuse, un seul prêtre desservait la paroisse. Elle refuse de se confesser à lui; elle ne se confessera qu'à don Bosco. Son mari, qui ne tient nullement à ce qu'elle se confesse, envoie demander don Bosco, ne croyant pas qu'il se dérangera pour elle de soixante lieues. Cependant il arrive, la réconcilie, et, au lieu de lui donner le saint viatique, lui dit qu'elle fera mieux la sainte communion à l'église.

« Ne voyez-vous pas, s'écrie son mari furieux, que cette femme est mourante? »

Don Bosco lui répondit doucement que Notre-Dame auxiliatrice peut tout.

« Et si vous vouliez la prier avec nous, ajouta-t-il, peut-être obtiendrions-nous votre guérison avec celle de votre femme.

— La mienne? Mais je ne suis pas malade, moi! »

Don Bosco, au lieu de répliquer, se mit à genoux et récita un *Pater*, un *Ave Maria*, et un *Salve Regina*. Le mari, presque automatiquement, s'agenouilla aussi.

« Il faudra dire ses prières bien régulièrement jusqu'à Noël, » reprend le bon prêtre (on était au 6 décembre 1872); et il se retire après avoir passé au cou de la malade une médaille, et en avoir fait accepter une au mari.

Peu de jours après, l'employé était à l'église de

grand matin, avec sa femme guérie, qui recevait la communion des mains de don Bosco.

« J'attends maintenant avec grande confiance la deuxième guérison, » dit doucement le saint homme. Le mari comprit, il se confessa, et devint un chrétien fervent.

D'autres conversions suivirent celle-là, et le curé fut bientôt obligé de demander trois vicaires. On offrit à don Bosco une maison, et il bâtit à côté une grande et belle église. La communauté de Sampierdarena compte aujourd'hui douze prêtres salésiens.

Un général, résidant à Turin et se trouvant au plus mal, demanda à voir don Bosco. Celui-ci vint, le confessa, et, à la grande surprise de la famille et des médecins, l'engagea à faire la sainte communion le surlendemain 24 mai, fête de Notre-Dame auxiliatrice.

Le lendemain, 23, le général était à l'extrémité. A huit heures du soir on court au Valdocco. Don Bosco avait passé la journée au confessional. Beaucoup d'enfants attendaient encore leur tour. Il les montre en disant qu'il ne peut pas les renvoyer. Sans doute il voyait là son premier devoir, et pensait qu'il valait mieux faire attendre tout autre que ses enfants, comptant au surplus sur la grâce de Dieu.

« Alors, mon père, lui fut-il répondu, nous allons chercher un autre prêtre pour lui donner l'extrême-onction.

— Non, vous direz au général de *m'attendre*

pour mourir... s'il doit mourir. Qu'il invoque Marie auxiliatrice et prenne patience ; j'irai des que j'aurai fini. »

Ce trait est coutumier dans la vie des justes qui *vivent de la foi,* comme dit saint Paul. Nous voyons, dans notre histoire nantaise, l'évêque saint Félix faire répondre au solitaire saint Friard qui le demande pour l'assister à la mort : « Qu'il attende, et nous irons plus tard. » C'est le texte même de ses paroles rapportées dans le Cantique.

Don Bosco continua donc de confesser jusqu'à onze heures. Alors il se rendit au réfectoire ; mais on l'arrêta, on l'attendait à la porte avec une voiture.

« Je veux bien, fit-il observer, mais je n'ai rien pris depuis midi, et demain il faut que je retourne au confessionnal à cinq heures du matin et que je dise la messe. Si je ne prends rien maintenant, il sera trop tard après minuit...

— Venez toujours, mon père ; à la maison vous trouverez tout ce qu'il vous faudra. »

On monte en voiture, et dès que don Bosco paraît chez le général :

« Ah ! mon père, pourvu que vous soyez encore à temps !

— Gens de peu de foi ! doutez-vous que Marie auxiliatrice puisse mettre le général en état de venir communier demain à son église comme je vous l'ai annoncé ? Il est près de minuit, donnez-moi quelque chose à manger, je vous prie. »

Il se mit à table avec son calme habituel. La collation terminée, il entra dans la chambre du malade et le trouva dans un état d'engourdissement et d'immobilité que l'entourage prenait pour un présage de mort. Il redemanda la voiture et partit. Quant au général, il dormait seulement. Le lendemain, de grand matin, il appela son fils :

« Aide-moi à m'habiller : il est convenu avec don Bosco qu'il me donnera la sainte communion dans son église de Marie auxiliatrice.

— Mais, dit le fils, jamais vous ne pourrez...

— Aide-moi, te dis-je, c'est convenu avec don Bosco. »

Celui-ci revêtait les ornements sacerdotaux pour dire sa messe, lorsque le général parut à la sacristie. Il était tellement défait, que don Bosco ne le reconnut pas d'abord et lui demanda ce qu'il désirait.

« Je désire me confesser avant de communier à votre messe comme c'est convenu.

— Convenu ! Mais qui êtes-vous donc ?... Ah ! soit louée la toute-puissante mère de Dieu !... Le général qui était si pressé de mourir hier soir... Mais vous n'avez pas besoin de confession nouvelle, vous en avez fait une avant-hier.

— Pardon, mon père, j'ai manqué de foi : je veux être absous de ce péché. »

Le général, après sa communion, rentra chez lui en parfaite santé.

Le 23 mai 1877, veille de la fête de Marie auxi-

liatrice, le comte Cays de Giletta, ancien député
piémontais, âgé de soixante-trois ans, allait
demander les conseils de don Bosco sur sa vocation tardive au sacerdoce. Il attendait dans l'antichambre pleine, et se sentait ému de pitié pour
une pauvre petite fille de dix ans, estropiée
par les convulsions, et que sa mère, qui la
tenait sur ses genoux, ne pouvait même pas
fixer dans cette position, car elle ne se tenait
ni debout ni assise.

Si cette petite fille sort guérie, se dit-il, ce sera
le signe de ma vocation, je n'hésiterai plus.

Et il dit à la mère :

« Passez, je vous cède mon tour. »

La mère entre, portant sa fille plutôt qu'elle ne
la soutient.

« La pauvre petite paraît bien malade, dit don
Bosco. Comment l'appelez-vous ?

— Joséphine Longhi.

— Ayez bon espoir, ma bonne. Tâchez de faire
mettre l'enfant à genoux, je vais invoquer sur
elle le secours de Marie auxiliatrice. Faites-lui
faire le signe de la croix... non pas avec la main
gauche, mais avec la droite.

— Elle ne peut pas se servir de sa main droite,
observa la mère.

— Laissez, laissez-la essayer. Allons, petite,
soulève ton bras, porte la main au front, comme
cela, ensuite à la poitrine,... bravo ! maintenant
à l'épaule gauche, puis à l'épaule droite. C'est
fort bien ; mais tu n'as pas prononcé les paroles,

dis avec moi : Au nom du Père, et du fils, et du Saint-Esprit. Ainsi soit-il. »

Et, sous les yeux de sa mère qui croyait rêver, l'enfant, paralytique depuis un mois, obéit docilement, puis se mit à crier :

« O maman ! la sainte Vierge m'a guérie. »

En l'entendant parler, la mère se mit à pleurer de joie.

« A présent, continua don Bosco, il s'agit de remercier la sainte Vierge, récitons l'*Ave Maria.* »

Joséphine Longhi récita cette prière d'une voix bien distincte et avec beaucoup de dévotion. Alors don Bosco lui dit de se promener dans la chambre ; elle en fait plusieurs fois le tour, puis tout à coup se précipite dans l'antichambre en s'écriant :

« Messieurs, remerciez avec moi la très sainte Vierge, sa miséricorde m'a guérie ; voyez, je remue la main, je marche, je n'ai plus aucun mal. »

Alors ce furent des cris, des pleurs, des prières à haute voix ; on entourait la jeune fille, et quant à don Bosco lui-même, il tremblait de tous ses membres.

Le comte ne douta plus de sa vocation : il entra au noviciat, devint prêtre, rendit de grands services, et mourut saintement le 4 octobre 1882. Joséphine Longhi devint fille de Marie auxiliatrice.

Le 5 juillet 1878, don Perrot, à la tête de plusieurs Salésiens, appelé par Mgr Denis, évêque de Fréjus, prenait la direction de l'orphelinat de la Navarre.

Cette nouvelle fondation n'était point faite pour étonner don Bosco. En effet, trois ans auparavant, il en avait eu la révélation dans un songe mystérieux. Comme il l'avait alors raconté, don Perrot ne fut pas plus surpris que son supérieur, et ils se dirent l'un à l'autre :

« Voilà donc le rêve enfin réalisé. »

Voici quel était ce rêve :

Un de ses prêtres, qui couchait dans une chambre contiguë à la sienne, lui dit qu'il l'avait entendu rêver tout haut.

« Oui, répondit don Bosco ; j'étais dans une campagne, au milieu d'enfants, dont les uns jouaient, les autres labouraient la terre ; mais aucun ne parlait italien. Ils avaient pour surveillants des prêtres de Saint-François-de-Sales : cette maison était donc nôtre ; mais où pourrait-elle bien se trouver ? »

Don Bosco reçut ce jour-là même les premières propositions concernant la Navarre. Mais, trois ans plus tard, lorsque don Perrot amena les enfants à sa rencontre, aux limites de la propriété : le terrain, les bâtiments, il regardait tout avec attention, et il reconnut tout.

« C'est là, dit-il, ce que j'ai vu en songe.

— Vous reconnaissez cette maison, ce paysage, mon père ?

— Tout, jusqu'à la voix de l'enfant qui vient de chanter. »

Et il ajouta aussitôt :

« Louée soit Notre-Dame auxiliatrice! »

A Nice, il réunit les coopérateurs et les coopératrices, et leur rendit compte du passé, du présent et même de l'avenir. Il leur demanda une église pour le patronage de saint Pierre, et leur raconta, pour les encourager, comment il avait entrepris, sur le conseil de Pie IX, l'église Saint-Jean-l'Évangéliste à Turin ; cette église allait s'achever dans un an. Il leur apportait toutes les bénédictions de Léon XIII, leur montrait quatre-vingts maisons salésiennes en activité, d'autres prêtes à s'ouvrir, quarante mille enfants dirigés par six cents pères ou frères, et soutenus par quinze mille coopérateurs salésiens.

L'année suivante, 1881, il passa le mois de février à Marseille. Là il devenait le but d'un pèlerinage quotidien, et il fallait attendre des journées entières pour lui parler.

Dans une visite à l'hôpital, passant auprès du lit d'un moribond qui avait rebuté l'aumônier, il offrit au fils de cet homme, qui pleurait près de son lit, une médaille en disant :

« C'est une médaille de don Bosco. »

Soudain le moribond, qui l'avait connu autrefois, le demande à grands cris, se réconcilie avec Dieu, et lègue son enfant à don Bosco.

La société salésienne s'étendait de tous les côtés : une nouvelle colonie agricole était fondée à Mogliano, dans la Vénétie ; mais don Bosco, dont les forces s'en allaient, et qui traînait déjà un peu la jambe, outre que ses yeux étaient devenus mauvais, ne visitait guère que le midi de la France, et il cessa ses visites en 1886, deux ans avant sa mort.

Il s'appartenait alors moins que jamais à lui-même. De huit heures à midi, et d'une heure à huit heures du soir, il recevait sans désemparer. Il se réservait la soirée jusqu'à onze heures pour sa correspondance. Sa grande simplicité permettait de lui parler de tout, même de ses miracles :

« Non, disait-il, don Bosco ne fait point de miracles ; mais Dieu récompense les bienfaiteurs de don Bosco. »

Un jour, à Nice, dans le parloir d'une communauté religieuse, une dame lui présenta son enfant de sept ans, qui n'avait jamais pu marcher sans béquilles, le priant de lui donner sa bénédiction.

« La bénédiction de Notre-Dame auxiliatrice, bien volontiers, » dit don Bosco.

Il la lui donne avec une caresse sur la joue, et, reculant à l'autre bout du parloir, il appelle l'enfant, en lui disant de laisser ses béquilles. Encouragé par sa mère, l'enfant, qui hésitait, obéit, et arrive à don Bosco seul et sans appui.

« Retourne maintenant les chercher. »

L'enfant court les prendre, et les emporte en faisant le moulinet, tandis que sa mère, qui ne pouvait le rejoindre, pâle, chancelante, le suivait en criant :

« C'est mon enfant, c'est un miracle de don Bosco ! »

Don Ronchail était présent à ce fait extraordinaire.

La supérieure des ursulines de Nice est alitée depuis cinq ans. Il lui demande :

« Ma sœur, avez-vous la foi ? »

Et, au nom de cette foi qu'elle croit avoir, il la somme de venir lui rendre sa visite le soir même. Et, le soir même, elle se présentait au patronage. On en parla naturellement au souper, on trouvait la guérison surnaturelle.

« Mes amis, dit don Bosco pour conclure, comme le bon Dieu est bon ! »

C'est encore à cette époque qu'il bâtit la chapelle de Saint-Pierre de Nice, et il lui arriva de dire, en attendant le dîner que M. Harmel offrait aux enfants, qu'il lui fallait trente mille francs. Chacun lui affirmait qu'il ne les trouverait point, les bourses étaient épuisées.

« Cependant, dit-il, il me les faut aujourd'hui même. »

Au dessert, le notaire de la maison, M. Sajetto, se lève :

« Mon père, dit-il, je vous annonce que vous pouvez faire toucher trente mille francs chez moi; une personne charitable me les a remis pour vous ce matin.

— Louée soit Notre-Dame auxiliatrice! » s'écria don Bosco en levant les yeux au ciel et en joignant les mains.

Les autres convives étaient tout saisis.

Une autre fois, don Bosco dînait encore avec

M. Harmel, mais au patronage Saint-Pierre.
C'était le 19 mars, jour de Saint-Joseph, et fête
de don Ronchail, directeur de la maison. On
parlait d'un achat de matériel devenu nécessaire
pour l'imprimerie. Don Bosco déclara qu'il lui
fallait dix mille francs.

« N'est-ce que cela? dit le notaire; nous sommes
dix ici, sans compter les pères; j'ouvre une sous-
cription. »

Et il s'inscrivit pour mille francs. Chacun des
autres l'imita, et don Bosco fut content.

Il disait un jour, en réponse à une question de
M. Harmel, qu'il faut deux conditions pour une
fondation : d'abord, sa nécessité ou sa grande
utilité, ensuite un bon directeur.

« Mais le côté matériel?

— Dieu y pourvoit toujours. »

XI

Progrès dans la Patagonie. — Le grand voyage
de don Bosco en France.

La Patagonie, pays étrange, couvert ici de
forêts sombres, là de montagnes escarpées, ailleurs de plaines salées et stériles, habité par des
peuples naguère encore anthropophages, mais
toujours féroces et vivant d'une vie tout animale,

la Patagonie avait été désignée par le saint-père au zèle de don Bosco. En 1878, l'évêque de Buenos-Ayres lui ayant proposé l'évangélisation des Patagons, il envoya dans ce pays sauvage des Salésiens avec des sœurs auxiliatrices. Deux sœurs qui furent prises par les Patagons, et délivrées six mois après, moururent des suites de leurs souffrances et de leurs émotions.

Le *Bulletin salésien* et les *Annales de la propagation de la foi* nous racontent chaque année les progrès des missions de l'Amérique du Sud. L'année 1896 a été féconde à la fois en résultats et en épreuves : celui-ci meurt au milieu des lépreux, cet autre se noie en passant un fleuve à gué pour se rendre à son poste, et c'est par troupes que d'autres, dont un évêque, sont emportés par une catastrophe foudroyante. Les conquêtes de la foi sont, comme les autres, *le prix du sang*.

Don Bosco n'abandonnait point l'Europe. En 1882, il étendit ses excursions en France, et visita Toulouse, Brignoles et Valence, inscrivant partout de nouveaux coopérateurs.

« A Brignoles, raconte M. Villefranche, il opéra une conversion en faisant la quête. Après avoir promené sa bourse lui-même à travers les rangs de la foule qui remplissait l'église, il sortit sur la place, où, selon l'usage, un grand nombre d'hommes étaient restés. Il s'approcha d'un ouvrier; celui-ci l'arrêta par un geste de refus. Alors don Bosco, avec un sourire affectueux :

« — Merci, mon ami. »

« L'homme, étonné et touché, mit la main à sa poche, en retira un sou, et le déposa dans la bourse.

« — Ah! merci encore une fois, et il faut à mon tour que je vous donne quelque chose. Avez-vous une femme?

« — Oui, monsieur l'abbé.

« — Eh bien, donnez-lui cette médaille... Avez-vous une fille? Eh bien, en voilà une pour elle. Dites-leur de se les mettre au cou, cela leur portera bonheur, à elles et à vous. »

« Don Bosco s'éloignait, l'homme le retint.

« — Monsieur l'abbé, c'est que j'ai aussi une vieille mère, elle sera jalouse.

« — Ah! oui; eh bien, voilà encore une médaille... Mais (et il souriait malicieusement) je vous ai donné trois médailles, il est bien juste que vous me donniez aussi quelque chose. »

« L'ouvrier cherchait dans sa poche.

« — Oh! ce n'est pas de l'argent que je vous demande, vous m'en avez déjà donné... Mais voyons, mon ami, avez-vous fait vos pâques?

« — Non, monsieur l'abbé, depuis longtemps.

« — Eh bien, faites-les cette année, promettez-le-moi. »

« L'homme promit avec un accent qui répondait de sa fidélité à tenir cette promesse. »

En 1883, don Bosco se lança dans un grand voyage à travers la France. Il passa deux jours et deux nuits à Avignon, chez M. Michel, négo-

ciant, qui le suivait partout pour protéger sa
faiblesse contre l'élan des foules et qu'il appelait
son *ange gardien*. La maison ne désemplissait
pas. Dans la rue, on allait jusqu'à lui couper sa
soutane.

« Si c'était, dit-il un jour, pour m'en donner
une neuve ! »

A Lyon, il passa une semaine chez M. Guyol,
recteur des facultés catholiques. Il visita le patronage de Notre-Dame de la Guillotière, dirigé par
M. l'abbé Brisard, et prêcha éloquemment en
faveur de cette œuvre. Il avait commencé par
aller prier et prêcher à Notre-Dame de Fourvières.

De Lyon il se rend à Paris. Tout le Paris
pieux, et bientôt jusqu'au Paris profane, fut en
émoi. Chacun voulait voir un homme qui faisait
des miracles, et pendant quinze jours on ne parla
que de don Bosco. Partout une foule compacte
l'attendait ou l'accompagnait. Lui, toujours aussi
calme et aussi simple, il était à la disposition de
tout le monde, on l'emmenait où l'on voulait ;
aussi, là où il était attendu, il se faisait attendre
des heures. Don Bosco était trop bon, c'était là
son défaut, si c'en est un, et saint François de
Sales pensait que pour être assez bon, il faut
l'être trop. En l'attendant, on récitait le cha-
pelet, on faisait des prières, on ne s'impatientait
point.

« Un jour, raconte Léon Aubineau, un vieillard
est survenu, désirant parler à don Bosco et le

conduire auprès d'un enfant mourant. Il y avait
là des gens qui avaient passé des heures et des
heures depuis plusieurs jours pour attendre leur
tour, et qui pensaient toucher enfin au but de
leur désir. Tous s'effacèrent devant la douleur
du vieillard, tous applaudirent en le voyant emmener don Bosco... On dit que l'enfant a été
guéri, j'ai lieu de l'espérer, je n'ose cependant
l'affirmer. »

Il assista à la réunion de l'œuvre des Orphelinats agricoles. Il sut, à propos de cette œuvre,
parler de la sienne; il en parlait toujours et partout, et partout il recueillait des milliers de francs
pour ses fondations : à la Madeleine, à Saint-
Sulpice, à Sainte-Clotilde. Il parlait d'abondance,
sans préparation, simplement, sans grands mou-
vements d'éloquence, mais avec cœur. Son français était correct, avec un fort accent italien. Ce
n'était point son éloquence qui gagnait les cœurs,
c'était sa sainteté.

Après avoir parcouru les départements du
Nord et s'être arrêté surtout à Lille, où la générosité d'une vieille dame et de tous les Lillois lui
permit de fonder l'orphelinat Saint-Gabriel, il
revint à Paris, où il prépara la fondation d'un
Oratoire dans les quartiers les plus populaires.
L'Oratoire de Ménilmontant est aujourd'hui flo-
rissant sous la direction salésienne.

A Saint-Pierre-du-Gros-Caillou, il se trouva
en société du cardinal Lavigerie, qui plaida éloquemment pour lui et demanda en retour au

saint Vincent de Paul de l'Italie de lui promettre son concours à Tunis. La promesse fut faite et elle est aujourd'hui réalisée.

A ce second séjour se rattache l'histoire d'une réunion chez le libraire Josse. Don Bosco devait arriver à deux heures, il arrive enfin à cinq, et du marchepied de sa voiture bénit la foule compacte amassée dans la grande cour : grands et peuple se pressaient autour de lui; c'était bien le Paris catholique. Il demeura une heure et demie dans cette maison. En sortant il retrouva la foule, qui n'avait pas bougé, et dut lui donner une bénédiction nouvelle, ce qu'il fit volontiers; car, comme le curé d'Ars, il aimait à bénir, dans sa foi simple et dans son humilité.

A la gare de départ, on ne sait comment, il se fit un nouveau concours empressé, respectueux : nul n'avait été averti, et don Bosco ne s'arrêta point pour prendre son billet. Cependant c'était encore un dernier triomphe de la sainteté toujours humble et rapportant tout à Dieu.

Bien des anecdotes se rattachent à ces deux séjours de don Bosco à Paris.

Un jour deux petits garçons se glissent à travers la foule, parviennent jusqu'à don Bosco, s'emparent de ses deux mains sans que celui-ci cherche à s'en dégager. Ils les conservent précieusement, ces mains pleines de bénédictions, jusqu'au moment de l'arrivée de leurs parents. L'humble apôtre, sans qu'il s'en doutât plus que ces enfants, donnait dans ce tableau vivant le

gracieux symbole de toute son œuvre et de toute
sa vie.

Dans un de ses séjours à Paris, don Bosco
reçut deux fois (le *Lulletin* nous le raconte avec
des détails pleins d'intérêt) la visite de Victor
Hugo, le plus grand poète peut-être, et assuré-
ment le plus grand fou de notre époque. Celui-ci
ne se fit pas connaître la première fois; mais dès
le début don Bosco pénétra jusqu'au fond cette
intelligence malade et ce cœur plus malade encore. Il sut appliquer le baume convenable sur
ses plaies, et si elles ne guérirent pas, ce ne fut
point la faute du médecin. Il lui offrit le remède
qui réussit toujours à chasser l'incrédulité, le
remède proposé tant de fois avec succès par tant
d'apôtres à tant de libres penseurs ou se croyant
tels, la confession.

« Mettez-vous là, » lui dit-il.

Le poète hésitait. Il promit, ou peu s'en faut,
de prendre un confesseur ou de revenir; il dif-
féra. Le temps de la grâce était peut-être passé :
en envoyant à Paris et en mettant à sa portée un
saint aussi humainement que divinement intelli-
gent et bon, elle avait peut-être fait son dernier
effort. Dieu seul connaît la suite et ce qui advint
de ce misérable grand homme, esclave de ses
adorateurs, qui faisaient une garde impitoyable
contre Dieu et contre lui-même autour de son lit
d'agonie et de désespoir.

L'été de 1883, don Bosco fut appelé auprès du
comte de Chambord, qui, après avoir mangé

quelques fraises dans un hôtel, avait été pris
d'une maladie étrange que l'oracle de la science
ne nous semble point avoir éclaircie. Don Bosco,
en arrivant, dit ces paroles : *Hic morbus non est
ad mortem :* « Cette maladie n'est point à la
mort; » ce qui eût montré en défaut sa seconde
vue s'il fallait la prendre au sens terre à terre.
Il consola, il soulagea, il égaya le prince, et le
jour de la Saint-Henri, qu'Henri V avait voulu
célébrer, malgré sa souffrance, en se présentant
au milieu du dîner, don Bosco l'engagea même
à prendre avec ses convives un verre de vin de
Champagne, disant qu'il était excellent. Un moment le mieux fut tel chez l'auguste malade,
qu'on crut qu'il allait guérir, et ceux qui avaient
peut-être de bonnes raisons pour le croire perdu
s'en vengèrent sur don Bosco en chargeant ses
œuvres d'infâmes calomnies. Mais si la maladie
n'était point *à la mort,* elle était *à la gloire* pour
celui qui fut cinquante ans et plus, dans l'exil,
le martyr, le témoin du principe de la monarchie
française.

XII

Le Sacré-Cœur. — Dernières fondations de don Bosco. —
Son voyage en Espagne. — Le tremblement de terre de
Ligurie. — Dernier souvenirs.

Don Bosco tomba gravement malade en 1884,
et, sauvé sans doute par les prières de ses enfants
et de ses associés, il célébra pour eux la messe
le 21 novembre, jour de la Présentation.

Ce fut à cette époque que, vieux et fatigué de
corps, mais jeune et infatigable de cœur et d'âme,
don Bosco se mit à exécuter le projet que Pie IX,
près de mourir, lui avait inspiré, de bâtir une
église sur le mont Esquilin pour une population
de quinze mille âmes, éloignée de tout édifice
religieux. Léon XIII encouragea le saint prêtre
à élever l'église du Sacré-Cœur sur le terrain que
Pie IX avait acheté. Il quêta par toute l'Italie et
par toute l'Europe, et en six ans l'église fut bâtie.
Elle coûta trois millions. Il avait donc bien raison
de répondre à toutes les objections :

« Confiance, confiance ! la très sainte Vierge a
pris sous sa protection toutes nos œuvres. »

Les portes du Sacré-Cœur de Rome étaient
l'œuvre des artistes salésiens.

L'inauguration de l'orgue eut lieu les 12 et 13
mai 1887. Le 14, le cardinal-vicaire consacra

solennellement l'église en présence de don Bosco
et d'un grand nombre d'invités, car la place
manquait pour admettre tout le monde. Cette
cérémonie coïncida avec le jubilé de Léon XIII;
le fondateur avait tenu à ce qu'on avançât pour
cela la consécration, sans attendre l'achèvement
complet du temple.

Pendant qu'il se bâtissait, don Bosco avait fait
un voyage en Espagne. Il demeura un mois à
Barcelone.

Après différentes péripéties qu'il avait prédites
ponctuellement à don Branda, celui-ci, qu'il
avait envoyé en Espagne dès le mois de janvier 1881, put fonder près de Barcelone un établissement qui fut ouvert le 1er mars 1884.

L'Espagne fit à l'apôtre de la charité une récep-
tion enthousiaste. Des mesures furent prises pour
défendre contre l'ivresse de la foule ce pauvre
vieillard infirme, qui pouvait à peine marcher.
Les visiteurs étaient si nombreux, qu'ils devaient
se contenter de défiler devant lui pour recevoir
sa bénédiction.

Un jour, faisant quelques pas au jardin avec
don Rua, qui l'avait accompagné en Espagne, et
don Branda, il leur désigna un grand champ,
puis un jardin contigu, et leur dit de les acheter.
A leurs inquiétudes sur la question d'argent, il
répondit :

« Vous doutez de la Providence? Je vous dis,
moi, que ce terrain doit être acheté et qu'il le
sera. »

Toutes les difficultés qu'ils y voyaient, don Bosco leur affirmait qu'elles allaient disparaître, et, don Rua l'ayant prié de parler plus clairement, il répondit que la sainte Vierge lui était apparue en costume de bergère, « comme je la vis une fois, dit-il, quand j'étais encore enfant, et qu'elle m'annonça bien des choses que j'ai faites depuis pour les pauvres orphelins de Turin... Bref, elle m'a ordonné l'achat de ce jardin et l'établissement ici d'une maison de religieuses. »

Tout en alla ainsi. Un des voisins vendit ; l'autre, qui ne voulait pas vendre, mourut, et son héritier sacrifia cette propriété qu'il aimait, et fit aux Salésiens des conditions très avantageuses. Dès le mois de novembre 1886, les religieuses étaient installées.

La maison des jeunes gens a des ateliers de menuiserie, d'ébénisterie, de sculpture, de cordonnerie, de reliure, de typographie et de stéréotypie, sans parler d'une académie de musique vocale et instrumentale. Comme les civilisateurs antiques, don Bosco, Italien par tous les bons côtés, s'est beaucoup servi de la musique.

Il y eut à Sorria (c'est le nom du lieu où est situé le nouvel établissement) des guérisons obtenues par la bénédiction de don Bosco et constatées par don Branda dans le journal de la maison. C'est une jeune fille dont la jambe, malade depuis trois ans et incapable de la soutenir, est tout d'un coup raffermie en descendant l'escalier de don Bosco; c'est un enfant de treize ans qui a un doigt gangrené au point de nécessiter l'amputation : il assiste à la messe de don Bosco le 30 avril 1886, reçoit sa bénédiction, et se trouve guéri le jour suivant. C'est une femme qui, malade depuis dix-huit ans, est guérie en un instant par la bénédiction de don Bosco à la messe. Son mari est converti du même coup.

Une cruelle épreuve était réservée l'année suivante à don Bosco et à ses œuvres. Le tremblement de terre de Ligurie, qui fit tant de victimes, épargna les Salésiens, du moins dans leurs personnes. Mais des maisons et des églises salésiennes furent détruites ou fortement endommagées.

Il recourut à la charité des fidèles, et donna le premier l'exemple de la charité en adoptant vingt orphelins ou orphelines des victimes de la catastrophe. D'ailleurs, il remerciait Notre-Dame auxiliatrice d'avoir sauvé ses enfants.

On le vit encore à Gènes, le 21 avril 1887, sollicitant la charité des fidèles. On le reçut en triomphe : la foule ne se déplaçait qu'avec lui. Il mit une heure pour aller de sa place dans l'église à la sacristie.

En approchant du ciel, don Bosco voyait grandir ses dons surnaturels. Une nuit, il voit en songe un enfant qu'il ne connaissait pas; il en fît le portrait; on le cherche, on l'amène, et don Bosco, après l'avoir envoyé jouer, dit qu'on lui fasse faire l'exercice de la bonne mort. Le soir, après une chute, on met cet enfant au lit, il perd connaissance et il meurt.

En 1878, en partant pour un voyage, il annonce que cinq enfants mourront avant son retour. Il donne leurs noms, qui sont écrits séance tenante et mis sous pli cacheté. On les prépare à bien mourir : quatre succombent à diverses maladies. Don Bosco arrivait à la gare quand le cinquième tombe subitement malade ; on n'a que le temps de lui administrer les sacrements, et il meurt aussitôt. Les pères, en ouvrant le billet, trouvèrent les noms des enfants inscrits dans l'ordre même où ils avaient succombé.

Voici une histoire moins triste. Le 1ᵉʳ janvier 1886, il recevait à l'Oratoire de Turin les quatre-vingts élèves qui formaient les classes de quatrième et de cinquième.

« Je voudrais bien, leur dit-il, avoir des étrennes à vous donner, car vous êtes la joie de la maison. »

Avisant alors un petit sac de papier rempli de noisettes :

« Tiens, dit-il au premier, c'est bien peu de chose !... »

Et il n'y en aura pas pour tous, pensa l'écolier. Cependant don Bosco continua, et chacun des quatre-vingts enfants recevait des noisettes au plein de ses deux mains réunies. On fit observer que trois ou quatre élèves étaient absents.

« Il ne serait pas juste qu'on les oubliât, » reprit don Bosco.

Et, plongeant la main dans le sac, il en retira encore la part des absents.

Nous ne savons si quelques-uns des heureux enfants ont eu l'idée de conserver ces noisettes, comme Jeanne Chaney garda quelques-uns des écus miraculeux du curé d'Ars.

Don Bosco, lorsqu'on lui parla de ce fait, répondit que pareille chose lui était arrivée déjà pour des châtaignes dans le temps qu'il faisait la cuisine de l'Oratoire.

Il se tut un instant, son visage devint très sérieux, et il dit :

« Une autre fois, il n'y avait que trois hosties dans le ciboire. Cependant j'ai pu donner la communion à toutes les personnes qui se sont présentées à la sainte table, et il y en avait beaucoup. »

La dernière excursion de don Bosco dans Turin fut sa visite à neuf cents ouvriers des cercles catholiques de France réunis au restaurant Sogno et revenant de Rome. Appuyé sur don Rua et sur M. Léon Harmel, il s'arrêtait à chaque pas pour dire, des yeux plus que de la voix, toute son émotion en revoyant d'anciens amis. Il bénit la France, distribua des médailles et des bénédictions auxquelles prirent part les agents de la police accumulés pour surveiller cette manifestation de foi et de charité.

Don Bosco ne vivait plus que par l'activité de l'âme. Le docteur Combal, de Montpellier, qui venait de l'examiner, en 1884, durant une heure entière, disait :

« On est libre de raconter des choses mer-
veilleuses de don Bosco. Pour moi, le plus grand
miracle est qu'il puisse vivre, usé comme il l'est.
Il ressemble à un vêtement qui ne tient plus à
force d'avoir été porté, et qu'on devrait renfer-
mer soigneusement dans un meuble si l'on veut
le conserver encore un peu de temps. »

Et néanmoins jusqu'à la fin don Bosco forma
des projets et en traça les plans, assista à toutes
les délibérations du chapitre, dirigea cette vaste
société, lut et apostilla sa correspondance, fit
répondre ou répondit lui-même à toutes les
lettres; nous en avons eu notre part. Sa mémoire
n'avait pas subi la moindre éclipse : lui qui avait
connu tant de monde, il n'avait oublié personne,
et un nom suffisait pour lui rappeler tout.

Chaque année il continuait de rendre compte
en tête du *Bulletin* des œuvres accomplies ou
projetées, tendant toujours la main avec une
grâce et une dignité qu'il a su léguer, heureusement, à son successeur.

En 1887, il annonce la consécration du Sacré-
Cœur de Rome. Les dégâts du tremblement de
terre à la maison de Vallecrosia sont presque
réparés. A Matti, près Turin, la fabrication du
papier arrive à quatre mille kilos par jour. Don
Bosco avait aussi des fonderies de caractères.

A Catane, un Oratoire se fonde. A Marseille,
l'Oratoire Saint-Léon s'agrandit. Il en est de
même des maisons d'Espagne et d'Italie. A
Trente, la Société vient de prendre la direction

d'un orphelinat. A Southwark, les Salésiens viennent d'être appelés à diriger une paroisse de trente mille âmes, composée en grande partie de protestants ; à Londres, une riche dame vient de leur confier une école qui compte maintenant deux cents élèves, garçons et filles.

Les missions se sont encore étendues dans l'Amérique du Sud, où le choléra a fourni aux missionnaires et aux religieux l'occasion de se dévouer, comme le tremblement de terre en Ligurie. Des établissements salésiens se fondent ou s'agrandissent au Brésil, dans le Chili, dans le Pérou et dans la république de l'Équateur. Les maisons des religieuses salésiennes se sont multipliées dans ces pays. Don Bosco demande que l'on hâte l'achèvement de l'Oratoire annexé à l'église du Sacré-Cœur. Il demande que la consécration de l'église coïncide avec les fêtes jubilaires. Ce vœu, nous l'avons vu, a reçu son accomplissement.

Cette circulaire est comme le testament de don Bosco. Il lègue à ses lecteurs et associés quatre souvenirs.

Ces souvenirs sont des recommandations de charité, et voici la première :

Si nous tenons à prendre un soin véritable de nos intérêts spirituels et temporels, tâchons avant tout de soigner les intérêts de Dieu, et procurons par l'aumône le bien temporel du prochain.

La seconde est ainsi conçue :

Si vous voulez obtenir plus facilement une

grâce, faites d'abord vous-même la grâce, c'est-à-dire l'aumône aux autres, avant que Dieu ou la sainte Vierge vous ait exaucé : Date, et dabitur vobis.

La troisième est celle-ci :

Au moyen des œuvres de charité, nous fermons sous nos pieds les portes de l'enfer et nous ouvrons celles du paradis.

Il termine ainsi :

« Enfin je dois vous dire que ma santé va déclinant à vue d'œil : je sens que je vous quitte et je prévois le jour prochain où il me faudra payer mon tribut à la mort et descendre au tombeau. Si mes prévisions se réalisaient et si cette lettre doit être la dernière que vous recevrez de moi, voici le quatrième souvenir que je vous laisse :

Je recommande à votre charité toutes les œuvres que Dieu a daigné me confier pendant près de cinquante ans; je vous recommande l'éducation chrétienne de la jeunesse, les vocations ecclésiastiques et les missions lointaines; mais je vous recommande aussi et d'une manière toute particulière le soin des enfants pauvres et abandonnés qui, sur la terre, furent toujours la portion de ma famille la plus chère à mon cœur et qui seront, je l'espère, par les mérites de Notre-Seigneur Jésus-Christ, ma couronne et ma joie dans le ciel.

« Et maintenant il ne me reste plus qu'à invoquer Dieu afin qu'il daigne répandre sur vous, sur les vôtres et sur vos intérêts ses plus chères bénédictions ; si ma prière est exaucée, vous aurez une vie heureuse et pleine de mérites, couronnée, au jour fixé par Dieu, de la mort des justes. »

La circulaire est datée du 8 décembre 1887, fête de Marie Immaculée.

XIII

Mort et funérailles de don Bosco.

Don Bosco voyait s'en aller l'un après l'autre tous ses amis, le vaillant abbé journaliste Margotti, le libraire Josse, qui mourut en sortant du confessionnal, et il demeura de plus en plus persuadé que son heure approchait :

« Hâte-toi, dit-il à l'économe, de demander une concession pour ma tombe. »

Et comme la municipalité de Turin y mettait des longueurs :

« Si tu ne te hâtes pas, disait-il en riant à l'économe, quand je serai mort, je me ferai porter dans ta chambre. »

Il avait dit, en faisant avancer la consécration du Sacré-Cœur de Rome :

« Si l'on diffère, je ne la verrai pas. »

Quand on parlait de son jubilé sacerdotal, en 1891, il disait :

« Vous êtes dans l'illusion. »

Et à une grande dame, bienfaitrice de ses œuvres, qui voulait pour ce grand jour immoler le **veau gras** :

« Est-ce que vous allez faillir à la parole donnée? Mais soyez tranquille : vous pouvez bien manquer à ce rendez-vous, car je n'y serai pas. »

« Enfin au mois de décembre 1887, raconte M. Villefranche, se trouvant au chevet d'un de ses prêtres gravement malade et déjà administré, il lui commanda de reprendre confiance :

« — Ton tour n'est pas venu; c'est un autre qui doit prendre ta place. »

« En effet, le malade guérit; et le malade qui mourut ensuite le premier dans la maison, ce fut lui, don Bosco. Circonstance plus remarquable encore : son lit étant peu commode pour les infirmiers, on le mit dans le lit même où il avait trouvé moribond le prêtre qu'il était **venu** consoler. Il ne pouvait prendre sa place plus complètement. »

Le 6 décembre 1887, il présida aux adieux des Salésiens demandés par la république de l'Équateur; mais tandis qu'on lui baisait la main, il faillit tomber, et revint chancelant à sa chambre, en traversant les cours, acclamé par les enfants.

L'arrivée de don Cagliero, revenant de la Patagonie, le combla de joie; il pleura en l'embrassant, et l'idée lui vint de réunir tous les aînés de l'Oratoire. Sa gaieté, qui ne fut jamais en défaut, éclatait à leur vue; il plaisantait sur ses souffrances et répétait ces deux vers d'une chanson piémontaise :

O schina, povra schina,
T'as fini de porté bascina.

« O échine! pauvre échine! tu as fini de porter ta charge. »

Le 17 décembre, il confessa encore une trentaine de pénitents.

« Laissez-les entrer, dit-il, c'est la dernière fois. »

Sa dernière sortie eut lieu le 20 décembre. Il voulut aller à l'église de Notre-Dame-Auxiliatrice, et il fallut le porter dans son fauteuil jusqu'à la voiture. Un paysan, devant l'église, dit qu'il voulait absolument parler à don Bosco. Celui-ci, qui le reconnut aussitôt pour un de ses premiers enfants, lui dit :

« Eh! comment vont tes affaires?

— Tantôt bien, tantôt mal, répondit le paysan; mais je tâche d'être toujours un digne fils de don Bosco.

— Bravo! je te remercie, Dieu te récompensera; prie pour ton vieux père. »

Il le congédia en lui recommandant de sauver son âme.

« Viglietti, dit-il en s'en rentournant à son secrétaire, dès que nous serons rentrés à la mai-

son, souviens-toi d'écrire ces paroles, qui seront
pour vous tous : Que les supérieurs salésiens
traitent toujours avec bonté leurs inférieurs et
surtout les gens de service. »

On le conjurait de demander à Dieu sa guérison, il ne voulut point y consentir.

« Vous vous rappelez, leur disait-il, ce que je
vous ai répété souvent quand j'étais en santé :
« L'unique sacrifice que j'aurai à faire à l'heure
« de la mort, ce sera de vous quitter. »

Un de ses anciens élèves étant venu le voir de
fort loin, avec son jeune fils, don Bosco dit à
don Rua :

« Ils ne sont pas riches, tu leur payeras leur
voyage à tous deux en mon nom. »

Ses témoignages d'affection pour ses fils redou-
blaient au point que chacun d'eux pouvait se
dire au fond du cœur ce qu'ils se disaient quelquefois les uns aux autres :

« Je le vois bien, maintenant, c'est moi qu'il
aime le plus. »

L'amour d'un père est une flamme qui s'étend
sans se partager. Le cœur de don Bosco était tout
entier à Dieu et tout entier encore à chacun de
ses frères, et surtout de ses fils.

Le 1er janvier 1888, don Bosco se trouva mieux.
Les Salésiens se prirent à espérer. Don Cagliero
demanda la permission de se rendre à Nice-en-
Montferrat, pour une prise d'habit :

« Va, répondit don Bosco, mais reviens et ne
tarde pas. »

Un instant après, il dit à son secrétaire :

« Cher Viglietti, te souviens-tu pourquoi, lors du premier départ de Cagliero pour l'Amérique, je n'ai pas voulu te laisser aller avec lui ? »

Don Viglietti répondit par des larmes.

« Bien, bien, reprit don Bosco, je vois que tu t'en souviens, car je te l'ai annoncé dès ce temps-là : c'est toi qui dois me fermer les yeux. »

On le voit, le saint fondateur ne partageait point, avec ses prêtres et avec la ville entière de Turin, l'espoir d'une guérison. Mgr Cagliero, de retour après quatorze jours, demandait une nouvelle autorisation pour aller aux fêtes de Rome avec don Branda. Il leur dit :

« Non, attendez encore ; attendez jusqu'à la saint François de Sales ; alors un autre vous commandera. »

Don Bosco eut le bonheur de recevoir à cette époque le cardinal Alimonda, archevêque de Turin, qui vint plusieurs fois, le duc de Norfolk, l'archevêque de Malines, l'archevêque de Cologne, l'évêque de Trèves et un grand nombre d'autres pèlerins de Rome. Le pieux archevêque de Paris s'étant présenté, don Bosco demanda avec instance sa bénédiction. Mgr Richard, après la lui avoir accordée, se jeta à genoux, demandant celle de l'humble prêtre, père de tant d'orphelins.

« Oui, dit don Bosco, je bénis Votre Grandeur et je bénis Paris.

— Et moi, s'écria le saint prélat, je dirai à Paris que j'apporte la bénédiction de don Bosco. »

Les médecins pas plus que le malade ne pouvaient s'y tromper :

« Don Bosco, écrivait le docteur Fissore, est perdu. Il est atteint d'une affection cardio-pulmonaire ; le foie est attaqué ; la moelle épinière présente une complication qui engendre la paralysie des membres inférieurs. Cette maladie n'a aucune cause directe : elle est le résultat d'une existence usée par le travail. »

Le 25 janvier, lendemain de la visite de Mgr Richard, il tomba dans un assoupissement profond dont il sortait par instants ; car on l'entendait murmurer des noms qui lui étaient chers. Le 27, il se mêla un moment à la conversation pour suggérer un texte destiné à servir d'épitaphe à son ami le comte Colle de la Farlède. Le 27, fête de saint François de Sales, il reçut le saint viatique. Pendant une heure on l'entendit murmurer de temps en temps : *Fiat voluntas tua*, en élevant les bras vers le ciel. La paralysie gagnant peu à peu tout le côté droit, il continua du bras gauche ce geste de résignation, et toute la nuit suivante il employa les forces qui lui restaient à affirmer le sacrifice.

Le mardi 31 janvier, vers deux heures du matin, il entra en agonie. Joseph Buzzetti rappela en toute hâte les supérieurs majeurs, qui s'étaient retirés très tard d'auprès de lui. Bientôt la chambre regorgea de monde : prêtres, clercs et laïques se serraient autour de lui.

« A l'arrivée de Mgr Cagliero, continue le *Bul-*

letin salésien, don Rua lui cède l'étole et passe à la droite de don Bosco. Alors, se penchant à l'oreille du bien-aimé père :

« — Don Bosco, lui dit-il d'une voix étranglée par la douleur, nous sommes là, nous, vos fils. Nous vous prions de nous pardonner toutes les peines que nous avons pu vous causer; en signe de pardon et de paternelle bienveillance, donnez-nous encore une fois votre bénédiction. Je vous conduirai la main et je prononcerai la formule. »

« Quelle scène de déchirante émotion! Tous les fronts se courbent jusqu'à terre, et don Rua, rassemblant toutes les forces que lui laisse l'angoisse du moment, prononce les paroles de la bénédiction, en même temps qu'il élève la main déjà paralysée de don Bosco pour appeler la protection de Notre-Dame auxiliatrice sur les Salésiens présents et sur ceux qui sont dispersés sur tous les points du globe.

« Vers trois heures, on recevait de Rome la dépêche suivante :

Saint-Père donne du fond du cœur la bénédiction apostolique à don Bosco, gravement malade.

« Cardinal RAMPOLLA. »

« Monseigneur avait déjà lu le *profiscere*.

« A quatre heures et demie, à Notre-Dame-Auxiliatrice, sonne l'*Angelus*, que tous les assistants récitent autour du lit. Puis don Bonetti

suggéra au vénéré malade une oraison jacula-
toire, qu'il avait répétée bien des fois les jours
précédents : *Vive Marie!* Tout à coup le faible
râle qui durait depuis une heure et demie cessa,
et, pour un instant, la respiration redevint régulière et tranquille. L'instant fut bien court, ce
dernier souffle s'éteignait. *Don Bosco meurt!*
s'écria don Belmonte. Ceux que la lassitude avait
jetés sur une chaise accoururent aussitôt. Mᵍʳ Cagliero disait la prière suprême : *Jésus, Marie,
Joseph, je vous donne mon cœur, mon esprit et
ma vie! Jésus, Marie, Joseph, assistez-moi dans
ma dernière agonie! Jésus, Marie, Joseph, que
j'expire en paix avec vous!* Le moribond poussa
trois soupirs à peine perceptibles : don Bosco
était mort! Il comptait soixante-douze ans, cinq
mois et quinze jours.

« La pendule marquait quatre heures quarante-
cinq. Don Rua, prenant alors la parole, trouva
dans sa filiale vénération pour don Bosco la force
de montrer aux assistants, en quelques mots en-
trecoupés, les sublimes enseignements de cette
mort couronnant une telle vie. Mᵍʳ Cagliero, à
son tour, d'une voix aussi peu assurée, entonna
le *Subvenite Sancti Dei*, puis bénit la vénérable
dépouille en demandant pour l'âme qui venait de
la quitter le repos éternel. Il ôta ensuite son
étole et en revêtit le défunt, à qui l'on joignit les
mains pour y faire tenir le crucifix, où s'étaient
posées tant de fois, et avec une indicible ferveur,
les lèvres du mourant.

« Le *De profundis*, récité à genoux, ne fut qu'un long sanglot. »

Le corps de don Bosco demeura toute la matinée sur le lit de mort. Puis il fut lavé, habillé; on ne permit point de l'embaumer, et le médecin lui-même eût regardé cela comme une profanation. On put le peindre et le photographier; mais il fut défendu de mouler son vénérable visage.

La ville de Turin, en apprenant cette mort, fut consternée. Ses magasins se fermèrent. Tout le monde accourait pour contempler encore une fois les traits de don Bosco. On ne put admettre d'abord que le personnel de la maison, puis les sœurs de Marie-Auxiliatrice et quelques personnes connues. Chacun admirait ses traits restés sans altération. Sous ses ornements violets, la pâleur de ses mains et de son visage était frappante; mais l'expression de sa figure était l'extase. Don Rua télégraphia la triste nouvelle au pape, qui s'écria en levant les yeux au ciel :

Don Bosco è un santo, un santo, un santo!
« Don Bosco est un saint, un saint, un saint! »

Puis don Rua rédigea la lettre de faire-part aux associés, qui, tirée à cinquante-trois mille exemplaires, ne put encore parvenir à tous.

Le corps fut transféré le 1er février au matin dans l'église Saint-François-de-Sales, tandis qu'une messe de *requiem* se célébrait à Marie-Auxiliatrice. Les enfants et les ouvriers de la maison y communièrent tous. Ensuite ils furent admis à visiter don Bosco. Il était là, entouré de

cierges, une grande croix décorait l'autel voilé de
noir. En contemplant ce visage béni, tous ces
enfants répétaient :

« Notre père, il était notre père! »

A huit heures du matin, l'église Saint-François-
de-Sales fut ouverte au public. Les rues et les
places voisines étaient encombrées. Quarante
mille étrangers se joignaient aux habitants. Les
journaux qu'on criait dans la ville ne parlaient
que de lui. On avait mis sur pied toute la police.
Autour du fauteuil où l'on avait assis don Bosco
se tenaient les prêtres salésiens, le clergé de
Turin et les prêtres de l'hospice Cottolengo. On
lui faisait toucher des médailles, des chapelets.
Une religieuse aveugle, Adeline Marchesi, auxiliatrice de l'Oratoire de Sainte-Angèle, rue Cottolengo, 33, entrant dans la chapelle funéraire où
elle s'était fait conduire, distingua d'abord des
lumières, puis entrevit vaguement les traits du
défunt. Aussitôt, sa foi s'enhardissant, et bien
qu'on voulût la retenir, elle saisit la main encore
flexible du défunt et la posa sur ses yeux. A l'instant même elle recouvra pleinement la vue.

Don Francesia fit entendre une courte allocu-
tion, qui se terminait ainsi :

« Dans ce sanctuaire où don Bosco s'est sacrifié
pour vous, que puis-je vous rappeler, sinon la
dernière parole qu'il nous a léguée pour vous :
*Dites à mes enfants que je les attends tous en
paradis.* »

On eut de la peine à les emmener dans leur

dortoir : ils étaient anéantis. Cette séparation ne leur avait sans doute jamais paru possible.

Des prêtres et des coopérateurs passèrent la nuit et l'aube du jeudi 2 février. Le corps fut déposé dans trois cercueils : le premier en zinc, le second en plomb et le troisième en chêne. On attendit, pour le fermer, les directeurs des oratoires de France.

La messe d'enterrement fut chantée dans l'église de Marie-Auxiliatrice, beaucoup plus grande que Saint-François-de-Sales, mais encore trop petite, ainsi que les rues environnantes. Beaucoup d'étrangers avaient dû rester dans la cour. Vers neuf heures, le corps étant arrivé au milieu d'un cortège triomphal, Mgr Cagliero célébra la messe, dont il avait composé le chant.

A deux heures le cercueil fut soudé. On avait mis le procès-verbal, scellé dans une bouteille de verre, aux pieds de don Bosco, et quelques personnes avaient pu encore lui baiser la main, toujours aussi souple qu'au premier moment.

C'est dans cette église de Marie-Auxiliatrice que les Salésiens eussent voulu déposer le corps, élever le monument funéraire de don Bosco. Le gouvernement ne voulut pas le permettre. Le chapitre demanda donc qu'il fût permis d'inhumer don Bosco à Valsalice, dans son séminaire des missions étrangères. Il y eut alors tant d'hésitations et de tergiversations de la part du gouvernement, que les enfants de don Bosco furent sur le point de diriger son corps sur une autre maison de l'Oratoire en dehors de l'Italie. Cette crainte fit tomber les oppositions. Le corps fut ramené à l'église, tandis qu'on préparait le caveau. Plus de cent mille personnes le suivaient.

Les couronnes qui couvraient le cercueil furent mises en lambeaux et partagées entre une multitude de fidèles; on en eût fait autant du drap mortuaire, sans l'intervention du service d'ordre.

On garda deux jours encore à l'Oratoire le corps de don Bosco. Le soir du 4 février, vers cinq heures, don Rua le couvrait de baisers, tandis qu'on le glissait dans le corbillard. Puis don Rua, Mgr Cagliero, don Sala et don Bonetti montèrent dans la voiture qui servait à don Bosco dans les derniers temps de sa vie. Les scolastiques de Valsalice vinrent au-devant du cercueil avec des cierges; huit d'entre eux transportèrent la bière dans l'église, don Rua donna l'absoute, puis les cent vingt scholastiques chantèrent l'office des morts.

Don Sala, économe de la congrégation, entoura le cercueil de trois rubans de soie, fixés chacun par des cachets de cire portant le sceau de la pieuse société de Saint-François-de-Sales.

Cependant le caveau s'achevait, et le cortège, parcourant le cloître, arriva devant la tombe. Mgr Cagliero la bénit, puis renouvela l'absoute. Le corps de don Bosco fut déposé dans sa dernière demeure, et, en présence de cent trente personnes environ, les ouvriers fermèrent le caveau d'une pierre.

Et, tandis qu'on déposait dans le tombeau cette dépouille qu'il avait usée au service de son divin Maître, l'âme de don Bosco, unie au chœur des justes et remplie de la joie de Dieu, souriait à ses enfants.

FIN

TABLE

I. — Naissance de don Bosco. — Son enfance. — Sa mère. — Son adolescence. — Sa vocation. . 9

II. — L'œuvre salésienne. — Premières épreuves. — L'archevêque, le syndic et le roi. — Maladie de don Bosco. . 17

III. — Maman Marguerite à l'Oratoire. — L'internat. 28

IV. — Hérétiques et assassins. — Le chien de don Bosco. . 40

V. — Le nouvel Oratoire et l'église Saint-François-de-Sales. — Le choléra à Turin. — Don Bosco et Ratazzi. — La promenade des trois cents. — Don Bosco perd sa mère. . 55

VI. — Notre-Dame auxiliatrice. — Ses faveurs signalées. . 64

VII. — Nouvelles épreuves et nouvelle expansion de l'œuvre salésienne. . 74

VIII. — Les Salésiennes. — Les missions. . 79

IX. — L'Oratoire salésien. — L'éducation salésienne. — Ses fruits. — L'enseignement de don Bosco. — Ses livres. . 85

X. — Les coopérateurs. — Don Bosco dans le midi de la France. — Nouvelles faveurs extraordinaires. . 99

XI. — Progrès dans la Patagonie. — Le grand voyage de don Bosco en France. . 20

XII. — Le Sacré-Cœur. — Dernières fondations de don Bosco. — Son voyage en Espagne. — Le tremblement de terre de Ligurie. — Derniers souvenirs. . 120

XIII. — Mort et funérailles de don Bosco. . 129

28823. — Tours, impr. Mame.

FORMAT IN-12 — 3ᵉ SÉRIE

BIBLIOTHÈQUE ÉDIFIANTE

BIENHEUREUX JEAN-GABRIEL PERBOYRE (vie et martyre du), prêtre de la congrégation de la mission de Saint-Lazare, mort pour la foi en Chine, par Joseph Boucard.

CATHERINE LABOURE ET LA MÉDAILLE MIRACULEUSE, par Joseph Boucard.

DON BOSCO, par A. Janniard du Dot.

ENFANTS DE LA BIBLE (les), par l'abbé Knell.

GARCIA MORENO, par A. Janniard du Dot.

GROTTE DE LOURDES (histoire de la), par l'abbé A. Aubert.

JEUNES SAINTES (1ʳᵉ série), par M. l'abbé J. Knell.

JEUNES SAINTES (2ᵉ série), par M. l'abbé J. Knell.

LÉON XIII (histoire du Pape), par l'abbé A. Aubert.

MARIE LECKZINSKA (vie de), par A.-B. de la Chaulne.

MERVEILLES DE PARAY-LE-MONIAL (les), par l'abbé A. Aubert.

MONTAGNE DE LA SALETTE (histoire de la), par l'abbé A. Aubert.

MORALE PRATIQUE, par G. de Gérando.

NOTRE-SEIGNEUR JÉSUS-CHRIST (vie de), par M. l'abbé Verger.

SAINT ANTOINE DE PADOUE, par Joseph Boucard.

SAINT BENOÎT (vie et miracles de), par Joseph Boucard.

SAINT DOMINIQUE, par l'abbé Pradier.

SAINTE ÉLISABETH DE HONGRIE (histoire de), par D. S.

SAINT FRANÇOIS D'ASSISE, par M. l'abbé Verger.

SAINT FRANÇOIS DE PAULE, par M. l'abbé Pradier.

SAINT FRANÇOIS DE SALES, par Marsolier.

SAINT FRANÇOIS XAVIER (vie de), apôtre des Indes et du Japon.

SAINTE GENEVIÈVE, patronne de Paris (vie de), par D. S.

SAINT IGNACE DE LOYOLA (Vie de), par E. Peltier.

SAINT LOUIS, ROI DE FRANCE (histoire de), par de Bury.

SAINT LOUIS DE GONZAGUE (vie de), par le P. Virgile Ceprari.

SAINT MARTIN, ÉVÊQUE DE TOURS (Histoire populaire de), par N. Cruchet et A.-H. Juteau.

SAINTS PATRONS DE L'AGRICULTURE (les), par le comte de Grimouard de Saint-Laurent.

SAINTS PATRONS DE L'ENFANCE (les), par le comte de Grimouard de Saint-Laurent.

SAINT PAUL, APÔTRE DES GENTILS (histoire de), par D. S.

SAINT PIERRE, PRINCE DES APÔTRES ET PREMIER PAPE, par M. l'abbé Janvier.

SAINTE THÉRÈSE, d'après les auteurs espagnols et les historiens contemporains, par M. de Villefore.

SAINT VINCENT DE PAUL, instituteur de la congrégation de la Mission et des Filles de la Charité, d'après M. Collet.

SANCTUAIRES DES PYRÉNÉES (les). Pèlerinages d'un catholique irlandais; traduit de l'anglais de Denys Shyne-Lawlor, esq., par Mᵐᵉ la Cᵗᵉˢˢᵉ L. de l'Écuyer.

SOUVENIRS DE CHARITÉ, par le comte de Falloux.

TERRE SAINTE (la), Souvenirs et impressions d'un pèlerin, par M. l'abbé Rampillon.

TRÈS SAINTE VIERGE (vie de la), par M. l'abbé Bourassé.

VÉNÉRABLE JEAN-MARIE BAPTISTE VIANNEY, CURÉ D'ARS (le), par A. Jeannard du Dot.

VIES DES SAINTS DE L'ATELIER (1ʳᵉ série).

VIES DES SAINTS DE L'ATELIER (2ᵉ série).

VISITES DES ANGES (des), traduit de l'anglais par W. Fitz-Gerald.

www.ingramcontent.com/pod-product-compliance
Lightning Source LLC
Chambersburg PA
CBHW070817250626
47170CB00006B/2133